# 苏家河的河

苏莹莹　著

陕西新华出版

太白文艺出版社·西安

图书在版编目（CIP）数据

苏家河的河 / 苏莹莹著. -- 西安 ： 太白文艺出版
社, 2025. 1(2025.3重印). -- ISBN 978-7-5513-2860-9

Ⅰ. I267

中国国家版本馆CIP数据核字第2024NQ8273号

## 苏家河的河
SUJIAHE DE HE

| | |
|---|---|
| 作　者 | 苏莹莹 |
| 责任编辑 | 井良俊 |
| 封面设计 | 张洪海 |
| 版式设计 | 建明文化 |
| 出版发行 | 太白文艺出版社 |
| 经　销 | 新华书店 |
| 印　刷 | 三河市双升印务有限公司 |
| 开　本 | 787mm×1092mm 1/16 |
| 字　数 | 150千字 |
| 印　张 | 16 |
| 版　次 | 2025年1月第1版 |
| 印　次 | 2025年3月第2次印刷 |
| 书　号 | ISBN 978-7-5513-2860-9 |
| 定　价 | 58.00元 |

# 前　言

　　2019年8月14日至16日，苏家河村举行了首届女客回娘家聚会活动。苏家河是生我养我的地方，这里山清水秀，人杰地灵；这里两水绕村，聚成龙脉；这里是吉祥富贵的地方，过去人们称之为"苏洲城"，至今村里仍流传着许许多多关于"苏洲城"的传说。关于"苏洲城"这个名称，我曾和村里的老人们探讨过，他们一致认为应该是有三点水的"洲"，因村子依山傍水，村人依河而居，村名因河而得。

　　聚会活动前的一个星期，我没有吃好没有睡好，每天都处于高度紧张与兴奋之中。聚会结束后的一个星期里，我不断翻看微信群里铺天盖地的活动照片和视频，发现自己虽然身处其中，但是因忙于筹备晚会、安排各项活动等，导致错过了很多重要的场面，甚至一些活动我也未能亲身参与，不免留有遗憾。

聚会结束后一个多月，我逐渐从聚会的亢奋状态稍稍恢复正常，之前一直想要写写苏家河的念头又一再占据我的头脑。之前一直想写一些关于苏家河的东西，却不敢动笔，总是觉得自己还没有准备好，又担心自己不能把梦中那个金色的地方完完全全地展现给家乡人，就这样一拖再拖。

庚子鼠年是我的本命年，这一年在中国人民的记忆里是多么痛苦和难忘啊！新冠肺炎在祖国大地蔓延，我们每天守在家里浏览新闻和报道，疫情牵动着我们每个人的心。从春节开始，我们一直在家安心守候，既是为别人也是为自己。在这些日日夜夜里，我对自己的人生多了一些理性的思考。

每天除了吃喝，给学生上网课，进行网上辅导以外，待在电脑前的时间也明显多了，此时，那个一直萦绕不去的念头又开始左右着我了。当我不自觉地在电脑上敲下《苏家河古石桥》的第一行文字时，那些酝酿已久的字句像极了决堤的河水，在我的电脑上滚滚而来。那个晚上，当我敲完最后一个字并怀着忐忑的心情把它发在微信公众号上，然后小心翼翼地发到苏家河村的微信群里时，我紧张得手心冒汗，每隔几十秒，就要点开群消息，看看乡亲们的反应。

那个晚上，我睡得很晚很晚，微信群里的每一条消息都不敢放过，直至破晓，文章的点击量破千，这是我的微信公众号前所未有的事。陪伴苏家河几代人的古石桥勾起了因疫情而被封控在家的人们压抑已久的思乡之情，微信群里呼声一片，乡亲们都要我写写苏家河的河。那条汩汩而往的河流和古石桥一样，承载了我们多少人的美好记忆啊，于是《苏家河的河》便诞生了。可以说，这本书的书名是来自我那些可爱的父老乡亲们。苏家河的河是那么富有生命力，又那么悠远绵长，如同我们的生命之河。

苏莹莹

2024年3月22日

# 目 录
CONTENTS

# 苏家河古石桥

石桥还在那里，静静地守候，不管季节更替，也不管行人往来。时间久了，静默也成为一种力量，在寂静深处，向世人宣告它的存在。石头的坚硬和时光的棱角慢慢给石桥披上青苔，苔影斑驳之处，有苏家河儿时的脚踪，也有日光和月光深深浅浅的涟漪。就像被时间忘记了似的，不论苏家河的人何时出现，它都会守候在那里，不言不语，也不见格外沧桑。每当说起它，前后里庄的人没有不知道的。

古石桥没有名字，更无典故，因在前村，我们便叫它前桥，简单、直接，正如它的外观一样。古石桥曾是村里唯一的一座桥。有了它，我们的河才那么名正言顺，那么充满灵气；有了它，我们的河才有了生命的灵动，才有了四季回响她的奔流，她才永远那么生生不息。

村里有两条小河，回应着这两条小河的便是河流交汇处的古石桥了。据说古石桥有三百多年的历史，村里有位九十多岁的爷爷曾说过，从他记事起，古石桥已经就是现在这样了。到如今，这位爷爷去世已有十几年了，古石桥仍在风雨中屹然不动。引用一句老话：古石桥在我们爷爷的爷爷的时候就有了。真是前人造桥，后人方便。村里的一代又一代人踏着古石桥早出晚归，昼夜劳作，我们习惯了有桥的日子，好像它一直就在那里。

古石桥为青片石砌成，以河底天然的石头为基石，桥身砌成拱形，桥下面流水的作用让河底的石头也变成了倒着的拱形，上下两个拱形合二为一，使得古石桥上下一体，形成一个圆形，这是祖宗的智慧，也是自然的馈赠。

儿时，村里家家户户种麦子。每到麦收时节，人们到前桥峁子的场里打麦子，驴车满载着麦子在古石桥上来来回回走，也安然无恙。有时路过桥面，可以看见桥面上的某一块石头被掀起，露出一个洞来，透过洞口可以望见清澈的河水和河底光滑青绿的石板。我胆小，每次过桥，见两边没有护栏，桥面又尽是烂石砟砟，每一步都走得胆战心惊。

过去在石桥旁边还立有一块碑，碑上的字迹已随着岁月流逝而变得模糊不清。那时我和好友阿梅经常趴在碑上辨认文字，时隔多年，又是幼时，碑上的内容早已忘记，或许那时本身也不认识多少字，我们只不过是年少无知，装作一副认真的模样罢了！据说某年，碑座在我家原来的地方被山水冲了出来，又某年，碑帽在桥峁子某家跟前也被山水冲出来了，只是见惯了石头瓦罐的村里人并没有把这些东西当作宝贝，更不要说妥善保管了，后来经过了这么多年，那些东西都不知遗落在什么地方了。或许它们还在某个地方等着我们，或许它们已经远去。时光抹去了碑上的文字，也带走了我们残存的儿时记忆，这些记忆就像我们的故乡，正在渐行渐远。

在写这篇文章时，我辗转打听了村里的很多人，他们和我一样均不知碑上记载的到底是什么内容。很多人讲石桥旁边的碑应该是明末的，人们以此推断古石桥也应是那时修建的。谁知道呢？有时候时间并不会真的给我们答案。

在走访期间，我还听到了另一个关于古石桥的故事。据一些老人回忆，他们也是听老辈人讲，古石桥当年并不是我们村的人修起来的，而是新庄村的人修建的。新庄村在古石桥往后的沟里面，是子洲的一个小小村落。

据说，那一年也是瘟疫流行，新庄村的人因感染瘟疫，几乎全村覆没。后来瘟疫终于过去了，侥幸活着的人请人看风水，为保村里人口平安，在我们的桥崂子上修建了这座风水桥。我和村里的长辈们探讨过这个问题，我们都对这个说法表示怀疑。首先，据史料了解，榆林那场突如其来的瘟疫距今只有一百来年，而古石桥的历史更久；其次，这座桥从距离上说离新庄村很远，完全超出了他们村的地界；再次，当年苏家河的人怎么会允许新庄村的人把风水桥修在自己村里？这不合乎情理，何况村里人是极其讲究这些的。

今年女客聚会，因我负责整个活动安排，在设计舞台背景时，我选择了多年前拍的一张古石桥的照片作为背景，我觉得这座桥最能代表我们的乡情，也最能引起大家的共鸣。照片里，阳光斜射，古石桥上下一体呈现出一个完美的圆形，桥边绿意盎然，一派生机，仿佛这么多年我们都不曾离开，它也从未老去。时光被定格在这一张照片上，让我们得以顺着那些光影重回儿时的梦里。

村里人很喜欢这张照片，都把它保留下来作为纪念，因为现在我们再也拍不到这样的照片了。几年前，因古石桥老旧，政府拨款重新修桥，却因选不出合适的地址，就在与古石桥平行的前方修了一座新桥。新桥和旧桥成了肩并肩的兄弟，一起守护着苏家河的山山水水。

有了新桥，同时也为了保护古石桥，古石桥现在已经不允许行人通行了。古石桥上的脚步声逐渐寥落了，月光之下，在那些无人的夜晚，不知道古石桥有没有向新桥细述苏家河沉淀百年的沧桑记忆。更让我们遗憾的是，新桥挡在了旧桥的前面，想要拍到我之前那张照片的角度且那么好看的照片是不可能的了，我们只能从旧的照片里一睹古石桥当年的风姿倩影。

一张无意间拍得的照片，却成了我们无比珍视的宝贝，它就像把苏家河人几辈的美好记忆都储存下来了一样。仿佛有了这座桥，便有了连接我们与家乡的一条脐带，不论我们身在何方，都能与它血脉相连，都让我们魂牵梦绕，即使再过千百年，相信我们的子孙仍能顺着石桥寻找到家的方向！

一条小小的河，成了祖先们在迁徙路上的一个落脚点，他们依着河，傍着水，洗去一身的尘土和疲惫，也卸下了一路的恐慌与迷茫，在这里安家落户，繁衍生息；一座小小的桥，让北方这个荒无人烟的山沟沟有了标识，姓从故乡来，名为眼前景，他们便在此扎根生息。从此，顺着河流的方向，伴着石桥的倒影，脑畔（窑洞外顶上部）上的炊烟和着日升月落，窑洞里的灯火煨着柴米油盐，他们不再漂泊不定和颠沛流离。有了水，有了桥，便也安了家。

（本文部分素材由苏永红、苏卫讲述）

苏家河的河

# 苏家河的河

沿着一条河往前走，你能寻找到什么？或是如茵的绿草，或是被软泥覆盖的青石，又或是那些被河水裹挟的欢乐。一条河的尽头又会是什么？很多人不知道答案，也无缘得见。在苏家河，我们见过一条河流的苏醒，也见过那些冲破泥沙，汩汩而动的河水，最终以怎样的勇气一路向东，奔流不回。那些青草所拥有的甘甜，我们一样尝遍；那些绿头鸭整日嬉戏的地方，也是夏日里我们的留恋；那些夕照熔金的河水，日日夜夜滋养着我们童年的梦，让我们一睡不醒。我们童年所有的这些美好都源自门前的一条河流。

今天，我要沿着峁底沟岔的河滩往后走，去追寻这条童年的丰盈之水，去完成一个许久之前的未竟之梦。沿着河滩走几步，刚刚还稍显宽阔的河滩一下子就收口了，形成一道窄窄的石峡。

站在石峡口，两壁耸立的石头扑面而来，陡峭的峡壁上青苔斑驳，青苔之上，有一些顽强的生命在摇曳生姿，那是一簇泽蒙花，偶尔也有山丹丹的身影，在石崖的暗影里与太阳争辉。如果是冬季，苍青的石壁上落点雪，就更美了。雪勾勒出崖壁的线条，石峡边的枯草倔强地挺立着，在水面留下稀疏的倒影，与白茫茫的雪国遥相呼应，真是一幅上天赐予的浓淡相宜的水墨画。两边石壁上有凸出的圆石，仿佛人工雕刻一般那么圆润自然，这些圆石镶嵌在崖壁上，引起人们无限的遐想，也给苏家河留下了美丽动人的传说。

据说，这一块圆石便代表着一任官，崖壁上星罗棋布的圆石便意味着苏家河的人才辈出。向往美梦的人们乐意为自己的美好愿望编织动听的话语，并用这些动听的话语激励自己，这些真真假假我们信也好，不信也罢，为美好生活努力，总归不会有错。

峡口的两壁之间距离很近，仿佛腿长的人一跨步就跳过去了，这是我们小时候在心里想了无数次却没有勇气尝试的一种可能。

过了峡口往前走，河底是光滑的青板石，幽绿的水苔随处可见，如果你被它那柔弱的外表所吸引，奔它而去，那你在这段旅途中将会随时四脚朝天，因为它远不像你看到的那样"平易近人"。了解详情的我每一步都走得小心翼翼，尽量避开水苔，沿着水边贴着石壁走。但石壁也不是一直那么乖乖地垂直耸立着的。有时它会凹进去一块，有时又凸出来一块，让我不得不一会儿猫着腰往前钻，一会儿侧着胯往前挪。河面不宽，随着石峡蜿蜒向前，遥遥听见跌哨（瀑布，水流落差较大的地方）上水声哗哗。迎面吹来潮湿阴凉的风，因石壁阻挡，不见前方来路，抬头只是狭窄的一线蔚蓝天空，偶尔或急或缓地滑过一朵云，像一个简单的音符，为这趟旅程平添一分灵动。两边山上传来阵阵鸟鸣，应和着鸟鸣的是越来越响的溅溅水鸣，走着走着便来到了稍微开阔的地方，这里是一块平坦的淤泥地，地面上峭立突出的巨石便是"龙头"了。龙头为天然生成的一块巨石，眼睛、鼻子、嘴巴、耳朵清晰可见。龙头上扬，苏家河的两条河汇聚于龙口方向，像龙吐水，水流绵延，一直往东汇入黄河。在龙头的周围也嵌着大小不一的圆石，人们已习惯了把美好的向往和对现实的憧憬都寄情于家乡的山水。

从右手边上去，峡谷依然狭窄，遥遥望见那座古老的石桥如彩虹一般飞跨于石峡之上。过了石桥有一块窑口大的石头，远看如同一颗圆圆的脑袋，双目圆睁，嘴巴微张，像极了威而不怒的醒狮。"醒狮"往后，在河中间有一口天然泉水井，泉水清冽可口，冬不结冰，夏不断流，是桥垴子上的主要水源地。

再往前走，走过一段光滑的石板路，河底渐渐有了淤泥，有了水草和生机勃勃的水生植物。因这条河从新庄村流出，我们便称它为新庄沟河，这条河过去的河道在我们家跟

苏家河的河

前的庙崖底下。庙崖原先不是崖，是一个缓坡，老爷庙就建在这坡上，后来河水不断冲刷坡岸，卷走岸边的泥土，松软的黄土不断坍塌，成了现在这样陡直的土崖，足足有四层楼那么高。建在这缓坡上的老爷庙也因此毁塌，只剩了一堆砖块瓦砾留在荒草丛中。岁月在草间滑过，庙崖向我们轻轻诉说着它的过往。

小时候，我家旁的大路就在庙崖边上，妈妈担心我和弟弟不小心摔下崖去，就在场院旁边安全的地方重新给我们修了一条小路。现在回想起来，她的担心是有道理的。有一年春上，我们几个小伙伴玩藏野猫。那一天黄风端（直）冒，天地都是浑黄一片，几个灰头土脸的娃娃在风里玩耍，大婶子家的二哥不知道怎么就走下庙崖了。当时站在庙崖边的几个娃娃都傻眼了，黄尘飞扬，根本看不清楚崖底。我们着急忙慌去叫大婶子，大婶子不知是一时没有反应过来，还是着急过度了，她二话没说，拿起笤帚把子，又哭又喊又骂地从洞垴（垴指两山相连之处）那儿一口气跑到庙崖底下去打二哥。崖底下的二哥不知道是怎么回事，看见大婶子的笤帚把子，一骨碌爬起来就跑。

那次胆战心惊的掉崖事件最后成了我们的笑谈，多少年以后我们还常常笑着说起那件奇事，生命总在有惊无险中显得更加珍贵。当年那些灰头土脸的娃娃们终究长大了，并且光鲜亮丽地离开了苏家河。如今的庙崖似乎没有那么高了，河水早已改道，庙崖也不会再坍塌，儿时的风景依然保持原样，只是荒草间添了几分不经意的沧桑。

细心的人一定能发现，新庄沟河是一路不断发展壮大的，在河底、河边不时还有泛眼泉冒出来。地下的水裹着细细的沙子，像趵突泉一样不断翻滚着涌出地面，在河边或者河中央冲出一个个圆圆的小坑，河水一年四季都是清清凉凉、甜丝丝的。最为神奇的是，这条小河冬天也不会结冰，永远是那么清澈动人的样子。到了冬天，水里还会长出绿茸茸的水草，碧绿可人，给凋敝的冬季带来一丝赏心悦目的生机。但是这条河，我不打算去溯源追根。

今天，我要顺着另一条小河一直走上去，从龙头的左手边起程，没走几步就到跌哨泊旁边了。跌哨泊的石庵（因崖底石头塌掉，上部石头仍在，形成类似洞穴一样的结构）口小底大，容纳了圆圆的一泊清水。据老人们说，跌哨里的水永远都是那么多，那么深浅，不论山水冲下来多少浑泥糊子，也不论天有多么干旱，它永远都是那个样子，圆汪汪、黑阴阴的一泊子水。站在跌哨泊的石庵里听，跌哨的水声更大更响了，水花打在石头上溅起水雾，在跌哨上形成美丽的彩虹。与彩虹一样美丽的还有那些古老的传说。

小时常听爷爷说，由于跌哨里的宝贝被蛮蛮（也称蛮婆、蛮汉）盗走，龙脉被毁，跌哨泊在一个过年的晚上"轰——轰——轰——"塌了，并且每到过年晚上都能听见跌哨泊塌石头的声音。

塌石头我没见过也没有听到过，但是跌哨泊里的宝物我可能见过。那时我应是十来岁的样子，在一个盛夏的晌午，除了树上虫子的鸣叫，村里一片寂静，在山里劳作了一上午的人们此刻正在歇晌，我从外婆家回来路过跌哨泊，听着跌哨哗哗的水声，禁不住趴在路沿，往下看那一片绿汪汪的水。这时，水泊中央的两只奇异动物完完全全吸引了我，那动物体型比羊大一些，通体像梅花鹿一样，毛色棕黄，夹杂着白斑，在水中央一站一卧，纹丝不动，它们周围泛起一圈又一圈的涟漪。天气燥热难耐，想必被绿荫遮蔽的跌哨正是凉意习习，它们在水中是何等惬意啊，羡慕得我不由得心驰神往。最神奇的是，我们平时常去跌哨泊打澡洗（游水），那水至少有一人深，我们小孩子站在水泊中央都是站不住的，而那两只动物完全不受水深的影响，气定神闲地在水面上就那么卧着、立着，好似会什么功法一样。在现实生活中，我从来没有见过或听过有这样的动物，因此受到好奇心驱使，我屏住呼吸，仔仔细细地观察着它们。过了许久，我突然想到好友阿梅见多识广，应该让她来看看这到底是个什么动物。谁知当我气喘吁吁跑着喊来阿梅时，跌哨泊里除了那不变的水声，再无其他，失落之余，我只得一遍又一遍地向阿梅解释和描述自己看到的情景。后来过了很多年，我将这事讲给爷爷听，他非常肯定地说我看见的就是村里的老人们认为的"宝气"，让我不要告诉任何人，以免宝物受到打扰。再后来，爷爷去世了，和外爷一起回忆往事时，我又曾问过他，他和爷爷的说法一致，并认为是只有我才能看到，即便当时跟前有旁人，也未必能看见那东西。如今时隔多年，再回忆起这些事来，仿佛做梦一般，恍惚而又不真实。传说与现实交错在我的那些斑斓的童年之梦里，我也辨不来真假，只是梦也罢，现实也罢，它们都只属于我遥远的逝去的童年，或许这就是我给自己编织的属于苏家河的童话吧。

这一汪水泊也曾是我们小孩子的乐园。

"水鸪鸪，咕咕咕，河里下来洗屁股，洗了屁股穿花裤，花裤穿上请二姑，请得二姑吃豆腐。"对面山上的水鸪鸪一声一声叫着，跌哨泊里的娃娃们一声声应着。一到伏炎天（指三伏天），跌哨泊里成天泡着一群打澡洗的娃娃。太阳毒花花地烤着大地，河水热烫烫的。那些天不怕地不怕的二后生们一个个光溜溜地钻水里比赛憋气、浮水。不时有个捣蛋的把水底的黑淤泥挖上来一块抹在小伙伴的脸上，一场"战争"随即爆发了，这场较量里没有输赢，只有快乐，无限的快乐。听着那些欢乐的叫喊声、打骂声，就连路畔晒得蔫了的草木似乎也被感染了，整整一个夏天，娃娃们都兴致勃勃地泡在水里，用那泊水打发炎夏的燥热，日复一日直至秋凉。

到了冬天，这里又成了天然的滑冰场。冰越冻越厚，跌哨就显得越来越低，而跌哨泊就变得越来越大。胆大的愣小子们滑着冰车，从跌哨上面一路飞车冲下跌哨，在圆溜溜的跌哨泊里较量车技。而胆小的则是先把冰车慢慢溜下去，然后人再慢慢溜马马（指像坐滑滑梯一样）溜到泊里。不论以什么方式下到泊里，都不影响他们的快乐，有冰车的比赛滑冰车，没有冰车的比赛打擦擦（指用脚在冰上滑）、溜马马，在冰上滚铁环、打慢牛（陀螺）……疯上一天、两天，整整疯玩一个冬天都不过瘾。

跌哨泊的崖上每到冬天都会冻上冰圪嘴，那是从崖上渗出来的水冻成的，据说是咸的，我没有尝过。在冰上玩也不是回回只有快乐，有时河里下来潝（yìn，冬天河水结冰后，冰面上鼓起大包，裂开口子，河水从冰下流到冰面上，就形成潝）了，一不小心踩进去就两裤腿湿淋淋地回去。之后免不了既受了冻又挨骂，不过与之换来的快乐相比，大人的打骂简直是无足轻重，也不见什么效果。

过了跌哨再顺水边往上走，河面变得较为开阔，左边是陡峭的石崖，右边是平缓的土坡，河床的石底上沉有泥土，到夏天就成了猪的乐园。天热的时候，成群的猪在这里的泥坑里泡着洗泥水浴，享受大自然的恩赐。自然也有不那么听话的猪，跑到上游去打澡洗，把整条河水都搅浑了，让正在洗衣服的婆姨、女子们不得不停下手中的活去赶猪，到那时，猪就免不了挨一场打骂了，但猪可不在乎那些，顶多哼哼两声，换个地方继续泡它们的澡。

稍微往上走一点又是一个小跌哨，只有一块砖那么高，没什么名气。因在奶奶家坡底下，夏天时我常常跑到这里来洗脸刷牙，早晨太阳从门对面山尖上照下来，我喜欢极了它金光闪闪的样子。

再往前就到了下庄里的老井子跟前了，这口井是在河边的石头上凿开的，可想而知当年人们凿它时的艰辛。爸爸算是喝着这口井的水长大的，据大姑回忆，这口井是我们的老爷（曾祖父）打的。之前，在这里有个泛眼泉泊，下庄里的人们就吃那个泊里的水。每次发山水，泉水就被泥土盖住了，给人们吃水带来不便。老爷想着这样不是长久之计，便和另一个大老爷（苏凤昌）合计打井。老爷是石匠，打石头的工具他全都有，平时也给自家打个石磨、石槽什么的，所以打井的重任便落在了他头上。没有雷管，老爷就用自制的炸药先把石头炸松动。点完炮，石头松动了，再用石錾（用来打石头的铁钎）一錾一錾打下去。现如今，从井口的条石往下看去，依然能够看见幽绿的井壁上深深浅浅的纹路，每一条纹路都是老爷用石錾凿下的痕迹，而这些痕迹也是老爷一生为身边人、为乡亲们着想的最朴素的证据。

这口井不深，打水的工具是一根长木棍，木棍较粗的一头固定一个铁钩子，打水时，把桶挂在钩子上吊下去，轻轻摇摆两下，打满一桶水，再慢慢拽上来。爷爷腿脚不好，不能担水，我稍微大一点时常常自己偷偷学打水。站在井口的两块条石上，我总是胆战心惊地放下桶，小心翼翼地往上拽，在这过程中我从不敢仔细地看井里面那黑幽幽的水，生怕自己会掉下去。每次往下放桶和往桶里打水时，我大气都不敢喘，生怕桶掉到井里。也有打水时把桶掉进去的人，那时候就要站在井口拿钩子慢慢往上钩了，如果钩子也钩不上来，就要人下去捞桶了。那得年轻力壮的人去，两手两脚顺着井壁的小台阶慢慢下去，这完全是个体力活。这口井是下庄里所有人家的吃水井，所以家家户户都很爱护它，尤其在过年时，每家都会在井边贴上红彤彤的对联，什么"井水长流""井泉大吉"，人们无非是希望它在新的一年里继续细水长流、清源不断，给人们提供清冽的生命之源。

顺着河流再往前走，拐一个峁子就到了大人们活动比较集中的地方了，这里又有一个跌哨，大概有半腿高。河底石头平整、干净、光滑，是婆姨、女子们洗衣服的地方，也是村里的信息集散地。天热时，常常有婆姨、女子们端上衣物说说笑笑地在这里搓洗，也有更小一点的娃娃坐在跌哨底下的小泊里玩。有时洗着洗着，清凌凌的河水突然一片混浊，大人就会打发小孩子到上游去看看又是谁家不听话的猪在上游打澡洗了。

过了这个跌哨，再拐一道峁子，这里的水流又平缓下来，水草丰茂。不时有人在河里担水浇菜，也有人在河里饮牲口。再往前走也会见到一口井，这是上庄里人的吃水井。越往上走水流越细小，水底光滑的石头也不见了，水草渐渐多了，也有人在河里担水吃，可见这里的水是非常干净的。

这股溪流的源头一直上溯至寨子沟和黄峁沟里头，河流的源头到底是什么呢？无非是一个个细小的泛眼泉泊，它们看起来那么微小，那么不起眼，却在日日夜夜不停地汩汩而流，慢慢汇集，缓缓向前，最终以奔腾之势，一路呼啸着注入汪洋大海。海水最终又化成雨，归于大地，奔涌成河，这就是生命的轮回不息啊。

沿着河流的是村里的路，路随水走，弯弯曲曲。多少年的风雨里，苏家河的男人们习惯了早上出山时，顺手在河里的石头上磨磨锄头、镬头；婆姨们习惯了晚上回家时，顺路洗洗落满黄尘的身子；女子们习惯了在清清的河水里照照她们靓丽羞怯的身影；娃娃们习惯了夏天打澡洗、冬天滑冰车……苏家河的人们习惯了把一年又一年的欢乐和笑声、泪水和熬煎注入这条从早到晚、从冬到夏永不停歇的河，河水把苏家河的日子滋润得活色生香。我曾经无数次地想过，到底是因为这条河成就了苏家河这个村名，还是祖先们从遥远的故乡迁徙来的时候就带来了这个朴实而又应景的名字？不管是哪种原因，苏家河的河哺育了一代又一代的苏家河人。从祖先在这里落脚的那一刻起，她就如同我们的血液一样，伴随着这里的每一个人从生到死，完成一次又一次的轮回。

这条河没有黄河的咆哮，也没有长江的壮阔，但是她的每一点每一滴都流淌在我们的骨子里，让每个苏家河人梦里都是跌哨声声，水花飞溅。

苏家河的河

# 苏 山 清 明

　　锣鼓家什震天响，伞头的伞在阳光下旋出了一朵红色的花儿，只见伞轻轻向下一点，锣鼓声瞬间就停了。在苏家河上空，响起了伞头苏正明高亢而又婉转的秧歌声：

> 苏洲古城代代相传，
> 水石相连塌沟石畔。
> 官到山总兵回家看，
> 祭风雨圪垯祈平安。
> 寨子沟神水流不完，
> 桥峁子龙身神奇观。
> 自古英雄是出好汉，
> 当今文才人永不断。
> 天时地利人和相伴，
> 庄兴家富名扬山川。

伞头的秧歌虽是即兴编出来的，但内容却是苏家河人耳熟能详的。那些山、那些水，那些神奇而又神秘的传说滋养着我们、牵绊着我们，一代又一代。

　　传说明朝时，村里出了一位总兵，姓名不详，人称苏总兵。苏总兵常年领兵在外，因思念家乡山水，想着有朝一日能告老还乡，在这一方水土安度晚年。于是打发他的兄弟，用骡子驮了银子回来修缮家宅。谁知他兄弟竟是个不成器的，看到白花花的银子哪管得了哥哥的一片乡情，把银子拿去吃喝嫖赌挥霍一空。不知情的苏总兵算着日子骑马回家来看。哪知到了塌（山顶平缓处）里的山峁上，远远望见苏家河依旧灰蒙蒙、没有生气的样子，总兵马上明白了。心灰意冷的他没有下马，直接勒马摔鞭而去，从此再也没有回来，只给后人留下一个世代相传的山名——官到山。

　　在官到山对面的祭风雨圪垯上有一块宽阔的平地，人称跑马梁。跑马梁宽阔平整，不知是人为的还是天然的。跑马梁跟前的祭风雨圪垯下边曾有拴马桩和碑石，拴马桩有两个，用一人高的青石雕成立方体样子，上面刻着蹲猴。石碑不是很高，半圆头，碑上的文字无人能记得。有人猜测这是苏总兵的兄弟所刻，不知他是后悔把哥哥的钱挥霍一空了，还是真想为哥哥做点什么，或者他大概希望哥哥在遥远的他乡能原谅他的所为，我们不得而知，这一切真真假假都随着历史的烟云散去了。据说，苏总兵后来定居河南，同时带去的还有苏家的族谱，那个记录我们宗族谱系的东西。一个大户族姓，没了族谱多少显得有些底蕴缺失，然而比没有谱系更可怕的是日益凋落的村落。

我也曾上过祭风雨圪垯。那是个春日的午后，和执意要与我同去探险的侄女一起，我们顺着村人的指向，选择了一条久已无人问津的小路前行。阳光暖暖地晒着脊背，路上尽是酸枣圪针（即酸枣刺）和一人高的黄蒿，在爬过一阶又一阶的梯田之后，我们最终登上了祭风雨圪垯。对于才六岁的侄女来说，这确实是一场人生的冒险，也是她认识苏家河的一个开端，而对于离家几十载又归来的我来说，一草一木皆是乡情。站在祭风雨圪垯上，春风猎猎如鼓鸣，早春的陕北高原依然是那么荒凉，群峰如画，苍茫无尽。只有阳畔上的茹茹（即马茹子）抽出鹅黄的新绿来，向阳而生，向春而萌。没见过什么阵仗的侄女面对此情此景，只是欢呼雀跃，在她贫乏的词库里最终只搜索到一个长长的"哇"，而我面对尽收眼底的苏家河山水却早已是泪流满面。当我们路过一个又一个的盗墓坑时，看到那些新的旧的土坑，那些被暴晒的森森白骨，还有那些花纹依旧清晰的碎瓦罐，我不知该如何向小侄女解释眼前的一切，更是后悔万分将她带来。看着坑边的新土，我很担心会遇到那些肆无忌惮的人，到那时我该如何保证她的安全？面对日益凋敝、几无人烟的山村，盗匪的闯入似乎合情合理，而山村又显得那么孤独无助、毫无抵抗之力。

如果说官到山常常让人觉得有恨铁不成钢的意味，那么寨子沟的凤凰山和龙王庙圪垯上的寨子，则是这么多年里先人们自主防御，免受外人侵犯留下的遗迹。

寨子沟有两座名山：一是凤凰山，一是老君山。凤凰山地理位置特别，山体绝高，山势险要，寨子就修建在山顶上。

也是在一个春日的下午，因为前日已有了经验，我便央求前昌二叔带我去凤凰山看看。等二叔的摩托车停在了山脚下，我才反应过来，这就是凤凰山了。因为这山常见，山底的路就是每次回家的必经之路，只是我从来没有把它和寨子联系在一起，每次路过也无意抬头多望它一眼，哪承想这山上居然就是先人们躲避战乱的寨子。

站在山底，我开始犯难了。前几日爬龙王庙圪垯时，看着眼前巍巍的龙王庙圪垯我也觉得难，但是毕竟还有一条羊踩出来的路。而凤凰山完全没有一点点有路的迹象，山又陡又立，很多地方几乎是直上直下的，山上全是干透了的荒草，草很滑，也没有树木可以扶着。二叔在前面一点点找路，我跟在后面两手拽着草慢慢往上爬，相机都没有办法拿出来，好在上山还是相对容易的。

走了一会儿，到了寨子的门洞前，洞口已经坍塌，据二叔说，他们小时候放羊常来这里，那时洞口还有一人高，从洞子里钻过去就可以顺小路上寨子了。现在的洞口仅可容一个人匍匐过去，我在洞口犹豫很久，没有勇气爬过去，我们只得另找上山顶的路。

过去人们把躲避兵乱叫"藏反"。一路上去，慢慢地发现了过去藏反躲匪的窑子，都是些土窑，虽然很多已经坍塌，但是基本形状还是在的。我们顺着山脊梁一直往上走，在山的两侧大大小小有二十多眼土窑。其中一眼没有完全坍塌，站在窑口还可以看见窑壁上抹着光光的泥皮和烟熏火燎的痕迹。二叔说，过去这里还有石碾、石磨等，寨子上随处可见散落的石块和瓦砾，这些石块有些是用来当作防御的武器，有些是跟前的建筑物上散落的。我捡到两片残瓦，没有花纹，青灰色模样，像是什么日常器皿的碎片。

到了寨子顶上，就可看见当年人们将寨子所在的凤凰山和周围山脉砍断的痕迹，断崖很高，崖壁完全垂直。砍断的这座山也是唯一同凤凰山相连的山，这样的话进寨子仅有的入口就是刚才上山遇见的那个门洞了。站在山顶才发现，通过洞口的路已完全坍塌，山脊这边只有差不多一拃宽，人是无法在上面立足行走的。窄路下面就是险立的陡坡，我连往下看的勇气都没有，更不要说顺着路走了。

站在寨子顶上，春风呼呼吹着，我忙着拍照，二叔找到一处新鲜又奇特的地方。在寨子最高处有一抱大的一块平地，地上有个用石片砌成的小窑窑，拱形，一拃高，一拃半宽，在这绝世独立的寨子顶上显得孤兀而又落寞。我和二叔推断这应该是敬神的地方。无法想象在那样兵荒马乱的年代里，村人们拖家带口来这里避难，还特意修建这样一处临时的敬神场所，让灵魂有栖息之所。透过这孔小小的石窑，我仿佛能体会到先人们最质朴的生存渴望，正是这样乐观而又卑微的渴望，让他们得以在这不被自然青睐的苦焦之地一代代生存下来。

在这个窑窑的脑畔上，散落着很多细小的、白得发亮的动物遗迹，二叔一看便知那是鹰的粪便。我是将信将疑的，随后我们又发现了几处这样的东西，有一些骨头旁边有成团的草籽，我便确信这真的是鹰的粪便。

似乎在我的认知里，鹰是草原上神圣而又高不可攀的物种，它的踪迹怎么会出现在这个贫瘠而又险要的地方呢？后来我通过查阅资料、和村里的长辈们交谈等才发现自己知识的浅薄，自己平时了解到的只是这片土地上少之又少的皮毛而已。据长辈们说，本地一直有鹰，他们小时候常常几个一伙去高高的土崖上掏雏鹰。鹰是高贵的动物，只栖息于山的绝高处。半大后生们常常腰里系着绳子，下到崖壁上的鹰巢里去掏雏鹰。但是他们常常一到鹰巢口上就会吓得一边拼命喊叫，一边死命拽着绳子往上爬。原来鹰巢里不仅有雏鹰，还有老鹰叼回来喂雏鹰的蛇。蛇在人们心中是冷血、瘆人的物种，但也有通神的灵气，这让大多数人对蛇敬而远之，尤其是白蛇。他们偶尔也有得手的时候，但雏鹰家养不过半年就会死掉，它们的基因里尽是蓝天的辽阔和御风的洒脱，怎么会甘心被困在人类的牢笼里呢？

站在寨子顶上，往后可以看见蜿蜒的公路一直通往湫线山，往前可以远远看见黄峁沟沟口零零散散的几户人家。凤凰山对面就是老君山，老君山和凤凰山呈掎角之势，相映成趣。过去老君山上有老君庙，现存的仅是遗址和一堆瓦砾，庙里的铁钟已滚下山坡，不知所终。时间久远，一切往事如尘封一般，不再被人轻易提起，所有的过往都已成了历史，所有的历史最终成了谜。

上山时，我就想到了下山估计会更难。二叔到处转着找一个容易下山的地方，结果发现一处比一处陡，一处比一处不好走。我们小心地拽着草木，他在前面踩路，我跟在后面往下滑。刚开始我还能顾及衣服鞋子，到了后面越走越艰难，我直接一屁股坐着滑下山去。下山时我们走的是山背面，苔藓很多，一片幽绿。此时正是初春大地解冻的时刻，土地很松软，踩一脚就陷下去一个深坑，一拔脚又是满满一鞋泥，举步维艰，我已没有闲心看风景了。

这样一个小小的村落，却修筑这么大规模的寨子，要不是生命财产受到严重威胁，祖先们是不可能修建这么绝妙的寨子的。在冷兵器时代，这样的寨子真是保命的好地方。侵犯者就算徒手往上爬都是非常不易的，更不要说拿着武器攻打了。据说在外族屡犯边境的时候，这个寨子曾不止一次保护过村人的生命和财产。

百年前，这里也曾瘟疫流行，隔壁的新庄村几乎全村人都死于瘟疫，而苏家河的人却因躲在凤凰山的寨子上得以幸免。村人"瞎子"一家在新庄村有亲戚，走亲戚时穿回一件亲戚的衣服，不想全家都因此感染瘟疫而死，独留下"瞎子"一人。村民们可怜"瞎子"眼睛看不见，孤孤单单一个人，又没吃少喝的。但瘟疫实在太可怕了，村民们只得把"瞎子"隔离在村里，不许他上寨子，只是定时定点给他送去饭菜，让他能够活下去。说来也怪，"瞎子"在那场瘟疫中最终幸存了下来，村里其他人也因及时隔离而安然无恙。想来我们的祖先在这方面也是有先见之明的，这让我对寨子更多了几分敬意。

摸爬滚打终于下山了，回头看看这凤凰山，山脊凌厉，像刀刃一样直削天际，映衬着湛蓝蓝的天，别是一番风景。

关于寨子沟还有另一个传说，也许我可以把这个传说和老君山的庙宇联系在一起。据老人们讲，寨子沟的湫泊（水潭）里有宝贝，这宝贝是难得一见的金马驹。一个晌午，我的曾祖父路过湫泊，曾看见过它在泊里晒太阳，它的样子不像狼、不像狗，全身长着红红的毛，比农村常见的土狗小点。曾祖父不小心咳嗽了一声，金马驹受到惊吓，尾巴甩了两下就钻到水底的洞里了。整个湫泊的水被甩得"哗——哗——"地响，说明它的力量还是很大的。这是村里人普遍

苏家河的河

25

认为的宝气，我猜想老君山的庙宇也许和金马驹有很大关系，那里应该是看守宝物的人居住的地方，他们不好明说，便借着神的名义修建了一座庙宇。真相如何，谁知道呢！

据说湫泊的金马驹是被"蛮婆"们盗走的。蛮婆们第一次来村里盗宝，装扮成行走民间的小商贩，但是没有盗宝成功。他们第二次来之前，得知打开宝物的钥匙是白母狗的血，便在苏家河下游的段家坪（现名王家坪）的韩生江家买到一只白母狗，在湫泊里杀了，用白母狗的血打开藏着宝物之地的大门，盗走宝物金马驹。

村里关于宝物的传说不止一个，除了前桥的草龙，还有沟渠金鸡崖的金鸡。据说以前并没有沟渠，而是一片土崖，即金鸡崖。崖上有金鸡，不过外表是灰色的，和鸽子一般大小。人们常常在半夜里听见金鸡打鸣，后来金鸡也被蛮婆盗走。宝物被盗之后，金鸡崖一夜坍塌，成了现在的沟渠。

所有这些传说的共同点是宝物与蛮婆。蛮婆，这些被称为在陕北大地上流浪的"吉卜赛人"，最终在历史的云烟里，随着传说一起湮没于这片广袤的大地了。

村里除了寨子沟凤凰山上的寨子，在崖窑沟也有用来藏反的崖洞，从崖窑沟的名字上也可以看出来这一点。

崖窑沟就在学校对面的沟里。站在沟口一眼望去，锥子般的红胶泥山，一座连着一座，有那么四五座山，每一座都棱角分明仿佛用刀子削出来一样直立尖刃，山上光秃秃的，寸草不生。人们绝不会想到，就在这样险峻的不毛之地会有藏身之处。在靠近里面的几座山的半崖上人们凿出一些方形的入口，入口不大，半人高，一次只能容一人进去。过去崖壁上有窄窄的只容一人攀爬的土台阶，随着风吹日晒也都剥落了，只剩下红漂漂（光秃秃）直立着的山崖。据年龄大的村民说，崖壁上的四五个洞口里面是相通的，最里面的那个洞进去之后还有两个特别大的土窑，一个在洞口侧面，另一个通过向下的台阶可以到达，从这个洞还可以转到另一座山，从一个不起眼的地方出来，作为逃生应急通道。

这样的土质，这样的地势，这些崖窑不是一天两天打成的。在那样兵荒马乱的年代，人们既要关心柴米油盐吃饱穿暖，还要时时刻刻想方设法保全生命和财产，是多么不易。据传说，每当有土匪或者外族来侵时，就有地主家抬着满箱子的金银往崖窑里藏，由于崖壁太陡，箱子掉下来摔坏了，里面的银圆滚得到处都是也顾不得捡拾，可见即便有钱也无法买得现世安稳！

除了这两处，龙王庙圪垯上也修有寨子。龙王庙圪垯之名的来源，自然是因为龙王庙就在这个圪垯上。不过老家人在二月二祭风雨神时上的却不是龙王庙圪垯，而是和龙王庙圪垯对立的脑畔山，又叫祭风雨圪垯，可能那里的山更高，离天更近吧。

龙王庙圪垯的寨子依山就势而建，围着龙王庙圪垯的山头夯了一圈土墙，土墙大约两人高，绕着土墙又凿了一圈很深的沟壕。唯一能进入山顶的入口是个一人高的石过洞。石过洞坚固异常，历经百年风雨依然纹丝不动。在一百多年前的生产力条件下，这些石头很明显是人背驴驮一点点运上去的。据了解，这个寨子并没有真正发挥多少作用，因此保存也相对完整。门洞跟前老树沧桑，木楞楞藤已有胳膊粗细，藤蔓把洞口遮住了一半，透过洞口的阳光像是在不经意地书写着苏家河的晨昏四季。在这样一个万物还未开始完全萌动的季节，只有干藤上残存的几颗鲜红的木楞楞果让人明白，它是来写意春天的。斑驳的阳光钻过洞子，仿佛时光能缓缓倒流，将那些艰难求存的意志款款聚集。在这里，在这片土地上，每一个看似不起眼的小村落都有一部小小的迁徙史和奋斗史，这也是村人的苦难和荣耀徽章，它们源于自然，最终也归于自然。

龙王庙圪垯也叫门对面圪垯，它又高又陡，就在下庄里的对面矗立着，名字也由此而来。下庄里的人一开家门，迎面看到的就是门对面圪垯。住在沟底的人家，到了冬天，等太阳从门对面圪垯上下来照窗户时，大半天已过去了。人们戏说："苏家河的女子没有前奔奔（意为脑门），被门对面圪垯给顶回去了。"也是由于这座山，苏家河的沟显得特别的窄，以致让外村人笑话："苏家河沟沟窄得能搭个抿节床。"

从这些传说、山名和遗留下来的寨子、过洞、窨子和串洞可以看出，曾经的苏家河也是饱经灾难、常常受到土匪和外族侵扰的村庄。这是陕北大地上很多村子的缩影，人们一边与恶劣的自然环境进行斗争，一边要时时刻刻提防边境上游牧民族的侵扰。所幸他们学会了如何在夹缝里求得生存，寨子山上的小石窑便是他们生存状态的生动体现。祖先们一面将信仰寄托于神灵，一面乐观生活，积极自救，在这里生生不息，将苏姓一族不断繁荣壮大，并且留下了那么多宝贵的遗产。

写到这里，我又想起村里的另一个地方——"海眼"。据父辈们讲，海眼在吴家沟沟掌（掌：尽头、最里边；沟掌指山沟发源处），是一汪三米左右宽的水泊，水泊四季不干，清清透透。最神奇的是，海眼的水量会随天气变化有所增减，在阴天水会更旺，但从不外溢。更为神奇的是，每逢下大雨，海眼里就像滚水锅一样翻腾着冒出来许多的沙石蛋子来，这些石蛋有大有小，源源不断。村里有一户人家的地就分在了海眼跟前，每次大雨后，他们总要提着筐子去捡拾地里的沙石圪蛋，人们便以此认为海眼通海，这些石蛋也是从海里来的，因此把这泊水称为"海眼"。

记忆里，海眼跟前还有一片芋子地，阿梅曾经在离芋子地不远的地方发现了一株从未见过的"珍稀植物"，她神神秘秘地告诉了我，并只带我一人去看她的宝贝。原来那是一

苏家河的河

株半人高的草，叶子长长的，有两指宽，细长的秆秆上长有一根棕色的棒棒，就那么一株，孤零零地在那里生长着。阿梅担心她的宝贝绝种了，她说要是这草死了，可不就再也没有了，引得我也确实为那株草的命运担忧了一番。我们确实在苏家河的其他地方没有见过这样特别的草，那时年少的我们从未想过这是由于自己孤陋寡闻所致，不过正是这样的孤陋寡闻，让我一直葆有童年的那颗好奇和求知之心，见花见草便爱不释手。现在回想起来，那株珍稀植物其实就是水生的菖蒲，不知缘何竟落地生根于此，也许是因为一阵风，也许是因为一只鸟，带它看到了不同的风景，也给了童年的我们一个美好的梦。

　　而让我想起这个地方的原因是老家人给它起的名字"海眼"，我特别喜欢这个名字，它充满了希望和想象力。也许祖先们并没有见过海，他们一路从遥远的南方迁徙而来，大概是与黄河打过照面的，但那滔天的黄河水，带给他们的恐怕只有万千的阻碍和不易吧。而海眼，那一汪清澈透亮的水，或许与他们家乡的某个水泊相似，从而引起他们无限的乡愁和幻想。海眼，海的眼睛，多么浪漫、多么无垠而又广阔的想象啊！是不是他们认为在这一汪不会干涸的水下面蕴藏的便是整个的大海呢？还是他们早就已经知晓天下之水最终归一？又或是先人们在这里面窥见了星辰大海与自然的奥秘？我不得而知。

但是从这个名字，我似乎可以清楚地感受到祖先们的脉动和他们那如大海般深刻的洞察力，更有他们满满的对美好生活的向往与不懈的追求。如果说寨子沟、龙王庙圪垯是祖先们实实在在的生活所需，那么海眼就是他们丰富而又充盈的精神世界的一隅。

# 留住童声

过年时无事，踏着积雪走过一个个墙垣塌圮的院落，荒草成了村庄的主人，占据着每一寸风能吹到的土地，曾经的欢声笑语都被湮没在深雪覆盖的草丛里，不见脚踪。又见到那个熟悉的小院，四合的院墙，齐整的青石月台下，那株古槐依旧沧桑，槐荚在猎猎风中摇晃，那是春天传来的讯息吧，遥远而又苍茫。忽然听到一阵童声飞扬："倒退儿，倒退儿，开门来，妈妈给你送的两只花鞋来！"

我扭头看过去，几个灰头土脸的小娃娃正趴在墙角对着些漏斗状的倒退儿（蚁蛉）窝叫喊。不知是倒退儿虫被吓破了胆，还是这个歌谣真有什么魔咒，原本在窝里安然的倒退儿真的蠕动了。胆大的男孩子轻轻捏起现身的倒退儿虫，把它放在地上，看它快速倒退着钻入细土中。小时候一直以为倒退虫是以食土为生的，长大后才知道这个看起来唯唯诺诺，只会一味倒退的虫子却是高级的猎手，它总是安安静静地在黑暗的细土角落里伺机而动，捕获每一只不小心落入陷阱的虫子。

再看时，一切如梦似幻，消失不见，只有树梢的风声依旧，风追逐着雀儿的鸣叫，撒下夏日的种子。大概是在那些遥远的夏日午后吧，太阳的脚步重了，树荫被炙烤成小小一团，我们缩在这一团阴凉里，听对面山上水鸹鸹声声叫着："水鸹鸹，咕咕咕，河里下来洗屁股，洗了屁股穿花裤，穿上花裤请二姑。请得二姑看戏来，今不来明不来，后儿背上包包哭得来。妈妈问她咋来，问下女婿不称心来。"听着听着，昏昏欲睡的午后渐远，童年的歌声也逐渐消逝了。

还是在那棵槐树下，几个女孩子正凑在一起叮叮当当地捣鼓着什么，金属捶打的声音和着她们的欢笑声，像极了才熟的夏果子，甜美、多汁、脆生生又掷地有声。门对面的大山挡住了太阳的毒热，晚夏的风氤氲着热气，村庄似在做着一个热气腾腾的梦。对面路上晚归的牛羊，伴着主人疲惫的吆喝饱食而归，连叫声里都似乎能感受到青草的绿汁，丰满、充盈。走近了，凑上去，原来是云云和丽丽她们在用火枪（铁质拨火棍）套着一分的硬币打戒指，只听一个边打边唱道："一打一，红花果子。二打二，红绸袄子。三打三，三个猫儿跑。四打四，四个铜镜四个字。五打五，五家门上过端午。六打六，六口馍馍六口肉。七打七，七颗红枣同伙吃。八打八，八十老儿想娘家。九打九，烧酒罐里喝烧酒。十打十，一石麦子捏个大扁食，紧够老娘一口吃。银戒指是我的，驴粪蛋是你的。"伴着又一阵轻快欢乐的笑声，锤子与硬币碰撞出银色的火花，像极了东边那弯斜斜的新月的光芒，淡淡的银色，留了几分夏日的余温，也存了几分少女的馨香。那是在贫苦的年代里，女孩子们设法将灰淡的日子皴染出一圈又一圈的光晕，在朴素无华的年月里将少女的心思点缀得活色生香，那枚戒指一直在我少女的梦里，永不褪色。

碥畔（陕北农村大门口外的平地）上，三叔苏凤山拖着眼盲的三婶子缓缓走过，看着这一群无所事事的娃娃们，三叔停下了脚步，问道："吃了吗，孩（方言音：xìng）们？"我们知道三叔又要给我们唱童谣了，就有人抢着笑着说："吃了。捞捞饭。""捞捞饭——"没等三叔说完，一群娃娃齐声喊道："捞捞饭，打豆腐，锅圪垯里坐个你舅舅。"三叔假装生气，但我们知道三叔并不会真生气，三叔好像和谁都不生气，尤其是和小孩子。不知是因为没有儿女的缘故，还是天性使然，他对每个小孩子都特别好，每次见我们都是一副笑眯眯的面孔，摸摸这个的头，拍拍那个的肩，还会给每人都编一段歌谣，比如："霞霞，霞霞，问给马家。马家没马骑，骑个绵羊老圪抵。"又如："娜娜是个好娃娃，跟上你爸爸掏苲苲。眼窝黑豆豆，就像你舅舅。"不等三叔说完"就像你舅舅"，有几个嘴快的就跟着喊出来了。被编进歌谣的娃娃自然是又羞又喜，其他人则是哈哈大笑，我们已经习惯了和三叔打闹玩笑。好像三叔是全村人的三叔一样，大家全然没有把他当作长辈，尽管他的年龄比我们的爷爷还大。三叔家的门永远向村里人敞开着，每年正月里闹红火，三叔的家就成了公窑，村里的大人、娃娃在他家随意进出，闹红火的家什都乱七八糟堆在他家窑里。他家是村里的信息集散地，天冷了，没地方可去的人们首先想到的就是他家，没事可做的人都扎堆在他家，或梦胡（陕北地区的一种牌类游戏），或喝酒，或谝闲传，话"西游"（陕北地区把一切志怪、奇闻故事统称"西游"），这一切都是极自然的。如果没有三叔，我们想不到村里人的休闲时光该怎么打发。可三叔最终还是走了。天凉了，又该添衣服了，三叔和三婶子也到一起了吧，三婶子的眼睛也看见了吧，天空飞过一摆溜雁，听得几个小孩唱道："雁儿，雁儿，摆溜溜，黄米捞饭炒肉肉。红袄袄、绿裤裤，穿上去看你舅舅。舅舅喜，妗子笑，谷子糜了堆圪峁。轧饸饹，炸油糕，吃了看谁长得高。"我们都长高了，童谣里的人却永远地留在了童谣里，和黄土一起丰厚着大地。

还是那棵槐树吗？祖先们从遥远的故乡一路迁徙而来，大槐树下的阴凉被他们当作是对故乡的念想，一路采撷而来。他们蹚过多少条河流，就留下多少歌谣，有多少歌谣，就撒下多少种子。今天，在我的眼前和梦里巍然屹立的这棵树，它的种子是否源自那里？它的根脉是否顺着河流的方向流回那遥远的故乡？我不得而知。大槐树下的人来了又去，树下的歌谣却不曾停止。树荫下，哄着小孩的母亲轻声唱着："噢，噢，娃娃睡觉觉，山里下来个老道道，脑上戴个草帽帽，脊背上背个草药药……"午后的日光被唱得老长，时间放慢了它的脚步，轻轻地、细细地踩过树荫的脚背，拉扯着孩童的小手长大了。"倒对，扯锯，扯倒外婆家的老枣树。舅舅打，妗子骂。外婆外爷说：甭打娃，装上一把干枣枣回个吧。"这是甜蜜也是呼唤，在这一声声的柔光里，蹒跚学步的孩童满院探索，母亲的歌声从窑里飘出："三岁的娃娃穿红鞋，摇摇摆摆上学来，老师老师我回也，吃上一口奶奶再来也。"在殷殷期盼中，树叶黄了又绿，菜园子里，小娃跟着母亲摘菜蔬，嘹亮的童声在园子里响起："走了一道弯，串了一道川，碰见个茄子要造反。黄瓜一听他不忿，茄子造反他能成。上得个架耍流星，打得个茄子灰忿忿。豆芽菜上面双膝跪，回朝搬的兵是金针。黄萝卜威风为皇上，白萝卜缨缨坐正宫。蔓菁是个定国老先生，调来葫芦是总兵。'咕咚'一个西瓜炮，打得小瓜绵咚咚。怕得毛桃嘴歪转，怕得果子脸通红。豆角捉定鬼抽筋，辣椒椒脑上点红灯。"清脆的童声念叨着各种菜蔬，绿格莹莹的黄瓜、白格生生的萝卜、甜格滋滋的西瓜和红格当当的辣子都铆足了劲生长，还有不甘落后的茄子、豆角和蔓菁，也听得陶醉了，脸上洋溢着灿烂的笑容。

　　歌声留在了童年里，菜蔬却跟着主人永远地离开了菜园子。园子荒落了，院里的脚踪逐渐稀少，满院的花狗菜（即阿尔泰狗娃花）承接着阳光的恩赐，"花狗花狗照门来，狼狗狼狗撵狼来"。年复一年，童年的歌声渐渐消失在寂静的院子里。风来了，雨来了，一场又一场，滋润着荒芜的院落；风又来了，雪也来了，一层又一层，覆盖了童谣中的往日记忆。那些落在荒草间的童年歌谣被我慢慢捡拾。阳光洒下来了，那歌声仿佛染上了温暖的金色："太阳太阳晒我来，我给你担水饮马来。我把马儿饮得饱饱的，你把我晒得好好的。"

·苏家河的河

# 苏家河上学记

窗子上的月光亮堂堂的，隐隐约约听到碰畔底下有说话声，我便起床了。月光真亮，照着对面黑幽幽的山头。村庄真是寂静，没有一点点声响。我有些害怕，不过好在一个人走的路并不长，下了碰畔就到三奶奶家院子了，我和三奶奶家的二大相跟着上学去。站在三奶奶家石头垒的院墙跟前，我喊着："二大——二大——""快回来，外头冻了，你二大还没有起来了！"三奶奶在窑里招呼着。凛冽的风扫着脸蛋，这时我才真的感觉到一丝冷。还没等我进院子，二大就起床出门了。

溶溶的月色下，我和二大不说话，只管喘气爬坡。学校并不远，就在村里的脑畔上，但是学校着实高，在全村的最高处，并且要爬很长的一个陡坡才能到。等爬到了学校门口，我们两个都弯着腰用手撑着膝盖喘气，喘够了，才发现破破烂烂的木楞门上挂着锁。透过两扇大门的缝隙，教室窑洞的窗户黑洞洞地张着"大嘴巴",怪吓人的。我们这时才想起一路走来连个人影都没有碰见,是来早了!二大比我高几个年级,比我更有经验,侧耳听了听村里的动静,又朝下看了一会儿,说:"走,到我家等会儿去,来得太早了!"我们在三奶奶家炕上裹着被子不知道打了多少盹儿,才真真切切地听到硷畔上有了稀稀拉拉的脚步声——是前沟里的娃娃们来了,我们也该起身了。

脑畔上的学校我只上了一年,就在那个冬天,我总是早早地到学校,等在校门口。有时去了校门开了,黑咕隆咚的窑里亮起几盏摇曳的灯火。高年级的娃娃们忙着在煤油灯下给老师生炉子,柴火都是在来时路上用胳膊肘顺便夹着带来的豆柴,豆柴生起火来噼啪作响,像是在放不肯响的鞭炮。低年级的则是三五个一伙趴在煤油灯跟前玩耍,或者叽叽喳喳说话,也有学习的,不过很少很少,我们还未尝过学习和生活的苦,正是不知愁滋味的美好年纪。

教室里那一盏盏小小的灯火,让我羡慕不已,我非常渴望自己能拥有那么一盏用墨水瓶自制的煤油灯,却始终没有如愿。有煤油灯的同学一般都是高年级的,他们在空墨水瓶盖子上钻个洞,然后把一小块铁皮卷成中空的小筒,里面放上棉线做灯芯,再插进墨水瓶盖子里面,一盏光亮亮的煤油灯就成了。没有煤油灯,我们就点一串老麻籽照亮。老麻就是蓖麻,它的籽是椭圆的,有光光硬硬花花的壳,剥了壳就是油滋滋、白生生的仁，拿根细细的扫把签子将白胖胖的老麻籽串起来，就可以点燃了。老麻籽油烟重，一点着就会冒黑烟，我们的鼻孔被熏得黑洞洞的。

除了那盏渴望已久的煤油灯，脑畔上的学校还有一个特别美好的下午一直存在我的记忆里。当时，我们三三两两地坐在校门口老柳树下，你靠着我，我挤着你，阳光暖暖地照着，柳树才冒出了黄绿的芽尖，沟底下和河对面的山上隐隐有了一丝绿意，正是春意萌发的季节。阿梅的二大教我们歌唱，唱的什么完全忘记了，只记得我枕在好朋友艳峰的腿上，她给我弄着头发，我困意渐起，耳边是同学们小鸟一样叽叽喳喳的声音，渐渐传远。梦里他们说的话比唱的歌多。唱着、说着放学的铃打响了，我睡意全无，一骨碌爬起身来。同学们都一溜烟跑下长坡，坡上黄尘端冒，刹不住车的愣小子们干脆故意跌倒了，溜马马往下滑。女孩子们文气些，边小跑边唱着刚刚学来的歌。那个看似稀松平常的下午，那些天真无邪的快乐，不知缘何频频出现在我的记忆里，成了我读书生涯里为数不多的快乐回忆之一！

学校的铃是一口铁钟，挂在土墙跟前的大树上，铁钟里面有根长绳子垂下来，晃动那根长绳就可以敲响钟。不是随便哪个学生都可以去晃动绳子的。三老姨家的三叔因为个子瘦高而得了这一重任，他也成了我们一帮小孩子钦羡和关注的对象，每每看着他晃着细瘦的身子走向墙根，我们便知要上课或下课了。

一年时间不知不觉过去了，学前班结束的时候，脑畔上的学校已不是我们的了。新的学校还没有建起来，旧的就已经被卖出去了。一年级开学时，我们被迫搬进了一户人家空闲的窑洞里去上课。

我们四散的上课地点中，第一个是在上庄里的一孔旧石窑里，院子里有一棵高大的老槐树，树影子罩得整个院子黑幽幽的，窑洞里也黑洞洞的，炕上放着桌凳，坐的是高年级的娃娃们，炕下坐的是我们一年级的小朋友。老师不在的时候，娃娃们不停地在炕上炕下"咚咚"地跳上跳下玩，热闹非凡。

没过多久，我们又转移到了另一户人家的新窑里，窑主家姓陈，是村里少有的几户外姓人家之一。陈家的窑洞新门新窗，光明敞亮，窑里面也没有盘炕，我们都展展堂堂坐在地上。教室是两个窑洞连在一起的过洞窑，我们的教室没有门，想进来必须经过高年级的教室窑。陈家也在我们一个院里住着，农村人鸡呀狗呀什么牲灵都喂着。往往正在上课，那些自由的牲灵们便闯进了教室，尤其是母鸡，下完蛋以后"咯蛋呱呱——咯蛋呱呱——呱呱——"地进来炫耀开了。贪玩的娃娃们正等着找点事呢，马上有人学鸡叫，有人借着赶母鸡闹开了，有人上蹿下跳地捣蛋上了，还有人生怕这好玩的事马上结束了，赶紧关上门不让鸡出去。教室里一片喊声、笑声、鸡叫声，好不热闹。什么时候下课了或者老师来了，这场闹剧才能平息。下课了还好，娃娃们只是转移个地方继续找乐，但老师来了可就不那么好了。

有一次，隔壁窑里的说话声快要把窑脑畔掀翻了，我们教室里也有人在说话。我转过身去和艳峰说着话，突然看见亮铮铮的白窗户纸上有一只圆鼓鼓的眼睛，吓得我赶紧调转身子坐正，心脏更是"突突突"地要跳出来了。没过一会儿，老师进来了。

这位老师是隔壁白杨河村的，好像姓张，他个子不高，白白净净的，一脸文气样，嘴角和我一样有两个灸疤的痕迹。老师常常穿着一件松松垮垮的西服。不过他只是看着文气，打起人来一点都不文气，有时候听见他把隔壁高年级说话的同学揪出来，让他们站成一排，拿书在他们脸上打，"啪啪啪"从这边打到那边，又"啪啪啪"从那边打到这边，我吓得不敢抬头喘气。

老师的办公室并不和我们在一个院子里，而是在隔了一道小沟的对面院子里。我是课代表，负责给老师收发作业。每次去老师那儿交作业，要先下道坡再上道坡，颇费周折。有一次下着大雨，就要放学了，我抱着一沓作业本，顶着雨去给老师交作业。由于那坡是个胶泥洼，下雨之后异常滑，我手脚并用，四个"蹄子"刨着，浑身淋了个透，结果还是没有把作业交过去。

那个学年结束时，我们由老师统一带队步行到离村十几里地的高家沟参加统考。我妈妈和阿梅的三姐商量好了骑自行车送我俩去，也提前给老师打了招呼，不用等我们一起走。

那时已经是盛夏了，但早上天气依旧清爽宜人。早早吃完饭的我待不住，就到阿梅家去找她，然后我们两个就自己去了老师和其他同学集合的地方。一到那里，没有经验的两个人傻了眼，原来老师和同学们早就出发走了。情急之下，我们完全忘记了家人要骑自行车送我们的事。两人急急忙忙沿着大路去追赶大部队。没走多久就出了村，要翻山了。一边是宽阔的大马路，一边是狭窄难行的羊肠小道。足智多谋的阿梅经过分析得出结论：小道近，我们走小道容易追上同学们。两人便踏上了一条从未走过的路，一会儿穿花拂叶享受快乐，一会儿在酸枣圪针林里流汗觅路。夏日的阳光很快展现了它的热情，气温开始迅速升高，太阳毒辣辣地盯着我们。我们顾不得身上漂亮的新衣服被汗水打湿，也顾不上害怕和迷路，一心想要快快追上同学们。走着走着，果然迷路了，远远望见地里有位锄地的大婶，我们喊着问："婶婶，有没有见到老师带着一群学生从这里走过？"很遗憾大婶专心致志地在务劳她的庄稼，竟全然不知路上的情形。阿梅只得趴在地上辨认鞋印，黄土路上也没有什么脚踪。好不容易来到大路上，我们一会儿跑，一会儿问人，一会儿又查看地上的鞋印子。阿梅还煞有介事地说，哪个鞋印肯定是谁谁的，她知道的，而且她断定我们离同学们不远了。

不知走了多久，等我们终于真真切切看见几个掉队的同学时，那种喜悦，仿佛找到失散已久的亲人一般。就在我们赶上大部队时，考点学校也在我们的对面清晰可见了，下个坡过条河就到了。这时妈妈和阿梅的三姐也骑着自行车赶来了，一顿数落之后，她们还是坚持要用车把我们载到对面学校去。没想到的是，过河的下坡路上全是沙石子，比较滑，阿梅的三姐连人带车摔了，当然也包括阿梅，阿梅的胳膊擦破了皮，疼得直哭。

那天的考试内容我完全忘记了，只记得考场是设在院子里的一棵大槐树下的。最让我感到新奇的是，他们用的居然是石头的桌凳，坐上去冰凉冰凉的，很适合夏天。那天考试，我思考最多的就是：大冬天他们坐着这个凳子不冰吗？我从来没有见过石头做的课桌和凳子，很是好奇，左看右看，桌凳上还刻有好看的花纹，花纹间有斑驳的青苔。不料我的行为被旁边一个黑黑的男生误解为想抄他的答案，只见他赶紧捂上卷子，一副严肃不可侵犯的样子，他肯定不知道我也是次次得奖的好学生呢。而我呢，还是高高兴兴、乐呵呵地左顾右瞅！

暑假里，新学校正建得热火朝天，村里每家每户都要出工出力，我们这些在校学生自然也没闲着，不是去给出工的父母家人送饭，就是在老师的组织下干一些力所能及的活。能分配给我们的就是一些收尾和扫洒除草的任务，比如扫扫路、捡捡石子、拔拔草等。活虽简单，但我们却热情高涨，无比的开心和自豪，仿佛这崭新学校里的每一砖、每一瓦上都有我们的汗水和指纹，这崭新的学校就是我们的建的。尤其合龙口的时候，我们穿了簇新的衣服整整齐齐站在当院里，听着锣鼓、唢呐声，看着合村的男女老少在校园里围圈站定，心里的那个得意劲儿，比自家箍了新窑还要甜蜜，俨然一副主人翁的样子。

一阵鞭炮声过后，合龙口的仪式正式开始了，我们的队伍就不那么整齐了。长号响起，窑面龙口处挂着五色线拴绑成十字的红筷子一双、蘸过墨汁的新毛笔一支、未启用的新墨一锭和皇历一本，这些都是用来祈告神灵、驱邪避灾的。

等看见身披花红、怀抱金斗的匠人站在龙口前时，我们的队伍就彻底乱了。我们知道那金斗里盛满了小花馍、小块炸糕、红枣、花生、五谷、干草，以及我们翘首以盼的钱币和糖果等物。院里的每个人都抻着脖子抬着头等着匠人"撒福禄"，只听得匠人一边不紧不慢地念叨着："接得住，荣华富贵；接不住，荣华富贵……"一边挥手大把地撒金斗里的物什，没人顾得上听这些吉词，男的女的、老的少的都忙着捡"福禄"，尤其我们这些娃娃们，像猴子一样在人群里撒欢奔抢，院子里一片欢声笑语。匠人又唱道：

初九十九二十九，鲁班留下个合龙口。

下石喜逢黄道日，合龙正遇紫微星。

嗨——一合龙口世不开！

匠人上了凤凰台，财神爷今天送喜来。

前院骡子后院马，一年更比一年发。

前院碾子后院磨，一年更比一年好过。

驴驮金，马驮银，骆驼驮回聚宝盆。

聚宝盆把平安保，金马驹儿满院跑。

一撒东方甲乙木，

二撒南方壬癸水，

三撒西方庚辛金，

四撒北方丙丁火，

五撒五方戊己土，

……

匠人无忌，事主无忌！

小工无忌，看家无忌！

姜太公在此——

百无禁忌，大吉大利！

《合龙口歌》唱完了，"福禄"撒完了，我们的衣兜也都鼓鼓囊囊的了，意犹未尽的我们在一片锣鼓唢呐声中再看一眼崭新亮堂的学校，期待着秋季开学的好时光，期待着能在这宽敞明亮的地方读书玩耍。

转眼就开学了，我们搬到新学校，我也算一个老资历的学生了。弟弟在这一年要上学前班，我带着他兴致勃勃地来到学校，早早地把他安排在学前班的教室里，给他找了座位让他坐好，然后才高高兴兴地去我自己的教室。然而这样的快乐并没有持续多久，没一会儿，四舅舅着急火燎地来把我们两个拖回了家，原来妈妈打算让我们到城里去读书。

崭新的学校才见面，就要说再见了。从此，我在苏家河的求学生涯就彻底结束了，而我天真无邪又快乐的求学生涯也随之永远地结束了。

这次回家，我先后去了脑畔学校、上庄里的旧石窑和陈家院子看了看曾经上学的地方。脑畔上的坡仍然是那么陡那么长，只是久不经人的路早已荒草丛生，窄窄的小路上只有牛羊的蹄印杂沓蜿蜒。学校的院墙已完全坍塌，只剩下大门斜斜地倚在一隅欲坠的土墙之上，院里树木丛生，正是杏花烂漫时节，一地落英，白纷纷似雪如雨。院中寂静无声，一株桃花已绽粉妍，散落在院子的石碾子、磨盘，和刚露脑袋的草尖一起，在春风里低唱。站在学校硷畔上，大半个村庄尽收眼底，春光无限，我突然想唱歌，却怎么也想不起来那个春日下午所学的歌，只见满眼熏风拂着草尖在轻轻摇动。当年的歌忘记了，当年的人也散了，如果时光有记忆，那一定是院中的那树粉白的桃花吧，落了又开，年复一年。

上庄里的旧石窑依旧如初，仿佛这二三十年的时光在它那里静止了一般。而陈家院子因一直有人居住，显出了几分人间春色。一树粉白的杏花，还没有上坡就听见的蝶飞蜂舞的声音，进了院子首先看见整整齐齐的菜畦里已经长出一簇簇茂密的水葱，青碧可人，应时应景。

　　站在陈家院子里，仿佛依然能听见童声飞扬，欢笑阵阵，那些美好的日子如春潮般向我涌来。

# 漫漫回家路

瓢泼大雨像疯了一样往下倒着，校园广播通知：由于天气原因，本学年度的三好学生奖不统一发了，由各班领回去分发。几个同学发出失望的叹息，我却站在楼道里默默望着不断头的雨瀑发呆。不能站在台子上领奖，无所谓，还有明年。雨这么大，明天就放假了，我要回家！

第二天，妈妈一再说昨天下了那么大的雨，老家的路肯定断了，就算路没有断，这一路泥泞，自行车也肯定没法骑。执拗的我根本不管这些，只是哭丧着脸要回家。自从到了城里上学，假期就成了我整整一个学期里的最大期待，现在已经放假，我怎么会继续等待？

妈妈只得骑着自行车送我回老家。刚开始在正川道上是柏油马路而且又下坡，还好走。等拐进丹头沟里，现实就不是我的倔强所能改变的了。乡下的路都是沿河踩出来的小道，"一道峁峁两条河"，路随河走。一下雨，河水上涨，路就被淹没了，遇着大雨根本无法通行。果然没走多远，沿着河水蜿蜒的路已经完全没有踪迹了，满眼望去尽是黄泥糊子，稍微一走，黄泥从半腿里灌上来，自行车根本推不动，更不要说骑了。妈妈一边数落着我的不懂事，一边尽力找一些能走的地方。我还好，只背着自己的书包，妈妈就惨了，还得扛着自行车，她自然是非常生气。到了最后实在没有地方可走了，我们就转着走人家的碥畔。碥畔上站着几个婆姨，看见我和我妈的狼狈样，哈哈大笑，还问我们到底有多么要紧的事了，非要在这样的天气出门。那次到底什么时候回去的，路上又歇了多少次，我完全不记得了，反正最终肯定回去了！

还有一次是在冬天，爸爸也是骑车送我回家。爸爸那时想赶着橘子上市，卖一点橘子赚钱。他在自行车的后座上绑了一个钢筋焊制的筐子，筐子里平时装着他售卖的橘子，不过那天却装着我。数九寒天，大地都冻得硬邦邦的，我坐在自行车前面的横杠上，风吹得眼睛睁不开，我要冻僵了。爸爸只好让我坐在后面的筐子里，只露出个脑袋。可能那时我太小，坐在后座上他不放心，怕我摔了。说是坐，其实我是在里面蹲着的，虽然没有坐前面那么冷了，但是一样不好受，时间久了，两条腿麻到完全没有知觉。路上的行人都很好奇爸爸载我的方式，不停地有人指着我们说笑。

进了丹头沟里，开始上坡了，爸爸头上热气直冒，气息也慢慢粗了。坡陡了，我就下来走一会儿，顺便活动活动麻木的双腿。上坡太多了，爸爸实在太累了，我们就在路边蹲着歇息一会儿。阳光暖暖的，想到马上就能回家，我除了开心还是开心。我们就这样走走停停，赶天黑才到家。

每次回家，老奶（曾祖母）早就知道我要回来，提前为我准备了好多好吃的。村里有上学的孩子，她会打听放假时间，早早等我。而爸爸呢，第二天又要骑自行车回城里去。

这样的回家经历对于我来说绝不是偶尔的一次，对回老家的渴望让我完全忘记了一路上的艰难。在没有什么有效交通工具的情况下，七十里路成了我和老家之间的一个牵绊，让我又爱又恨。每次回去时不管多么艰难，都是愉快的，而每次从老家离开，又是那么不舍。

记得第一次离开老家时，拖拉机拉着家里的青绿花纹大木箱一路摇摆颠簸，箱盖上坐着默默落泪的我。我不能明白这样突然的离别对我的意义何在，我只知道我不想扔下我的老奶，到一个完全陌生的地方去上学。尤其当我看见河对面碥畔上，老奶挥着一只手，另一只手撩起围裙擦眼泪，嘴里不断呼喊着我的名字时，我终于抑制不住号啕大哭。那天，我哭了一路，天真无邪的童年伴随着眼泪就此离我而去！

而后，每次离开老家时，我最舍不得的人就是老奶了，我尽量不说话，而她已经把放学了要回家的话嘱咐了千百遍。她总是一遍遍拉着我的手，把我送出了门，送出了碥畔，再送到后硷畔，一直到后沟里，还不回去。爸爸在前面推着自行车走，我跟在爸爸后面，老奶跟在我后面。缠裹着的小脚让她走不快，我也不得不放慢脚步，怕她摔倒。爸爸不停地催促我走快点，又不得不一遍遍乖哄着让她回去，我们就这样慢慢腾腾地出了村。我知道我是多一天也不能待了，第二天就要正式开学了。最终我也不知道她一个人是怎样落寞地回去，怎样回到那个没有我欢声笑语的窑里，又是怎样适应了这样一次又一次无奈的分离的，这一切我都无从知晓。

这样的离别场面让我一路都不能高兴起来，爸爸根本顾不上考虑我的心情，一天要骑一个来回，一百多里山路对他来说并不轻松。就在爸爸蹬不动的时候，过来一辆赶集的驴车，赶车人爸爸认识。爸爸央求他带我一段，我就坐上了驴车，这样爸爸可以轻松一点。然而爸爸也没有轻松多久，走了还不到十里路，我开始晕车了，而且还吐了。赶车人很无奈，只得把我重新交给爸爸。现在想来，那天的晕车肯定是和我的心情有关系的。

有时候爸妈忙，顾不上来回接送我，就让别人捎我。有一年夏天，三姑和三姑夫他们回来了，正好要开学了，爷爷奶奶就让他们捎我回城去。我们从官到山翻山走过去。那条路我只走过那么一次，走了很久很久，天气特别热，太阳在脑门上炙烤着，等到了三姑夫家我又累又饿。他嫂子给我们做了炸鸡蛋糕烩菜，不爱吃茄子的我记得那天的茄子特别好吃，饭菜特别美味。后来才知道那条路足有三十里长，这是我步行走过最远的路！

也不是所有回家的路都是那么开心的，十二岁的那个冬天，就要期末考试了，我却意外听说老奶她永远地离开了我。得知消息的那个下午，我一个人坐在院子里望着一堆点燃的火，没有说话也没有落泪，只是呆呆地坐着，坐了很久很久。天完全黑了，院里的那堆小小的火在腊月的寒风里显得那么弱小、无助，一如当时内心空空且迷茫的我。生离死别对只有十二岁的我来说，还显得那么模糊和不真切，我甚至不能完全明白老奶去世了对我意味着什么，只是觉得内心像缺了什么东西似的，空落落的没有着落。那一次是怎么回去的，我完全忘记了，只记得奶奶家硷畔的坡好长，天空灰暗，冷风灌进脖子里，要下雪了。突然传来高亢的唢呐声，走在前面的妈妈放声悲哭，而我还只是麻木地掉着眼泪。从此，那个天天盼着我回来的人不见了，而我的回家路也更加漫长了。

去年腊月，外婆病了，我们回老家探望外婆。就在回去的当晚，一场大雪把我们挡在了老家。第二天一大早，雪还在继续，舅舅们已忙着扫雪送路，我突然有一种强烈的愿望，想要趁着大雪回苏家河，看看苏家河，我好久没有看到雪中的苏家河了！

冒着大雪，我一个人走在厚厚的积雪里，寂静的路上除了锦鸡偶尔踩出的脚印子之外，什么也没有，世界白茫茫一片，真是安静。厚厚的大雪笼罩着大地，也笼罩着我，我寸步难行。大雪皴染下的群山棱角渐失。近树臃肿，村落茫茫。峁底沟口，清澈的小河一如从前，永不结冰的河里水藻碧绿可人，河水隐隐冒着水汽，水雾氤氲，远山、近树，一个白茫茫、雾蒙蒙的童话世界铺展开来。和小时候常常路过这里时一样，我把手伸进水里，冰凉，却不是彻骨的寒。洗洗手，手就像被火灼了一样，热烘烘起来了，这热气迅速传遍全身，热腾腾好似一口热热的浑酒下肚，耳畔却依然很寂静，不闻一声犬吠，没有一丝鸟语，只有雪花簌簌下落的声音，静静叩着大地的心门。我不知道自己是否应该继续往前走，走进这广袤的世界里去。

站在这清凌凌的河水边，我犹疑着、观望着、静静地倾听着，期待哪怕只有一丝熟悉的乡音传入耳畔。可世界依然是她的模样，那条回家的路在茫茫白雪里伸向无尽的远方。我的眼睛模糊了，分不清是雪、是雾还是泪，眼前的归路一片迷蒙。瞅瞅河水中，那个已不是少女的自己，望望四周这亲切而又陌生的雪国，我收起了相机，这小小的电子产品如何能留得住我此刻浓浓的愁？

慢慢往前走，慢慢走，不要惊动万物生灵，走到前桥上，走到石桥跟前，看着一处处荒芜的院落、坍塌的墙垣，世界还是寂静的，真安静啊。路过跌哨，那个黑洞洞的水泊似乎吞噬了所有的雪花和寂静，那里也曾有着我欢乐的童年，可是一切都已成为过去了，都消失了。从洞墕转上去，走过曾经熟悉的两个大婶子家院子、大妈家院子、大奶奶家院子，都是窑门紧锁，荒草丛生，寂静无声。来到奶奶家院子前，我一个人站了很久很久。走到硷畔上，望望沟底的河，看看对面的山，心想：苏家河，你的孩子回来了！站在一个又一个空荡荡的院子，没有一扇门向我敞开，没有一个人对我微笑，也没有一个身影为我进出忙碌，我回来了，可我却无家可归。

　　回家，这条路，我走了好久好久，却再也找不到方向，进不了家门了。

# 看 戏

戏台上锣鼓喧天，丝弦声声，演员们演得情真意切；戏台下一张张热切的面孔时而微笑，时而叹息，时而忙着和左右交流。一切都是熟悉的样子，那些腔调，那些唱念做打都是人们烂熟于心的。满年里没有什么娱乐活动，赶庙会看大戏成了十里八乡人们的活动重头。在这看戏的人群里，有一个小脑袋尤其专注，周围的一切都从她的世界退去了，只有那小小的一方戏台上，演员的喜怒哀乐深深触动了她，使她与之共情，那份痴迷，足抵戏场外的万千诱惑。

那一年我也就四五岁吧，跟着妈妈和三姨到外家去看戏。农历五月，春潮已退，夏忙未到，此刻是人们在一年的耕作里稍作歇息的空隙。五月初二南云山庙会是十里八村有名的，此刻南云山上人流如织，商贩云集，庙会上洋溢着祥和的氛围，热闹非凡里尽显缤纷之景。

我打小爱黏着三姨，看戏时也是。最早关于看戏的记忆就和三姨有关。那时我三岁左右的样子，也是热乎乎的天，我在庙崖底下的坡上站着，穿着小碎花裙子，扎着羊角辫，我缠着三姨，非要撵着她去黑圪垯看戏。三姨百般哄我不行，最后只得将她头发上漂亮的紫色绸带解下来给我绑在头发上，并许诺回来给我买好吃好玩的东西，我才不情不愿地回去了。

　　这次也是，我撵着三姨要看戏，她拉着我，我们一直挤一直挤，直挤到最前面能看清楚的地方，然后我在前面津津有味地看，三姨在我身后看。一般的孩子赶庙会看戏都是为了玩、吃，能老老实实站在戏台前看戏的不多，我是例外！那些演员的服饰，他们的唱念做打，他们的一招一式、眉眼传情，还有那些或婉转动听，或激越慷慨的唱腔，无不让我心驰神往，恨不得自己立马就披挂上去，和他们融为一体，甚至于设想过很多次跟着戏团去流浪。坐在戏箱上，甩着腿的感觉一定非常好吧。也不知道看了多久，当我转身找三姨时，发现周围都是陌生的面孔！粗心的三姨居然把我忘在人群里了。想到一个人在黑漆漆的山上过夜，想到离开妈妈和三姨，我一个人无论如何也不可能绕着那么远的山路走回家去，我的心一下子慌了，眼泪哗哗地流出来了。没有再多想，我赶忙钻出人群，在那人山人海的地方开始找三姨和妈妈。

　　起先，我还能稍微镇定地边走边喊她们，后来越转越找

苏家河的河

57

越不对劲。我记得很清楚有那么一个小石床，上面蹲着一个男人在抽烟，不管我怎么转，每次都会经过那里。终于，在绕着山头转了很多圈以后，我崩溃了，恐惧完全占据了我的心，我开始一边哭，一边喊着她们。路过的那些小摊，卖西瓜的、卖冰棍的、卖小玩具的和卖小零食的，都是我不认识的人，花花绿绿的人，像一个个模糊的影子在我的眼前晃动！到了后来我干脆只管哭了，哭得不会出声了。最后有个同村的婶婶拉住不断在山上转圈的我，问："妈妈呢？"我哭得都不会说话了，就在这时来了一位拄着拐棍，留着花白长胡子的老爷爷，自称是我的老舅舅、我妈的舅舅，他要带我去他家等我妈妈。我并不认识他，但还是乖乖跟着他走了。只见他一只手拄着拐棍，拐棍上挂了一个油腻腻的手帕包成的小包，里面裹着一个果馅，另一只手拉着我慢慢地挪动着。泪眼迷蒙的我就看见那个手帕包不断地晃着、晃着，没走几步，胡子颤悠悠的老舅舅停了下来，哆嗦着打开手帕包，用他柴枝一样的枯手掐出一块果馅给我吃。

也不知道手帕包晃了多久，我们两个慢慢悠悠摇下山头，过了垭口，老舅舅说他家马上就到了。就在那时，妈妈火急火燎地从后面追来了，老舅舅是真的老舅舅，我也没有走丢，可三姨就被骂惨了！

那次经历给我留下了阴影，直到多年以后，我还时常梦见自己走丢了，在一个又一个陌生的山头转悠，因找不到回家的路而急得直哭。

关于南云山看戏还有几个模糊的记忆片段，一次是稍大时的某一年，我和爷爷在后塌里顶着大太阳锄地。艳峰跑来告诉我：不知道谁家去往南云山赶庙会卖果馅的毛驴在官到山路上摔了，果馅撒了一地，让我和她去捡。毒辣辣的太阳烤着，我们两个翻了几道梯田才找到事发地，只见一地红红绿绿的馅料和一些和着泥土的碎渣，很明显是被别人捷足先登了。没有捡到果馅，我们便在梯田圪塄上摘桑葚吃，正吃得津津有味，一条白蛇悠悠地过来了，吓得我们夺路便逃。另一次是十二岁那年，我去南云山解关（陕北地区一种民间习俗，小孩子小时候不好养，会在庙里保锁，到了十二岁要解关）。那天也是太阳暴晒，我穿着裙子和白白的打底袜从一张桌子底下爬过去，把新袜子蹭破了，心里特别懊恼。红锁线缠着的果馅没有了小时候的味道，我也没有时间站在戏台前看戏，解了关就匆匆回城了，那时我早已在县城上学，课业是一点也耽误不得。

长大后，去黑圪垯看戏更多一些，黑圪垯这个名字起得随意，但是它的大名雷鼓神爷，或者大雷公山，一听就能让人肃然起敬。它是方圆几十里最高的一座山，在子洲地界。据老人们讲，黑圪垯上以前满山都是松柏树，远远望去黑幽幽的，我想这就是它名字的由来吧。外公曾经说，黑圪垯上过去有一幢木楼，三层高，站在楼上可以望见黄河。后来不知缘何，人们拆了楼，把木材拉回家烧火了，我们就再也没有机会站在黑圪垯上看黄河了。

黑圪垯离苏家河有十里左右山路，去的时候一路向上爬山，走过一座山头，又一座山头，绕过了一道峁，再过一个墕口，又是一座山。那时还没有开始退耕还林，小路两边全部都是庄稼地，太阳热乎乎地晒着，看戏的人一大早就开始往上爬，等到了山顶已经半前晌了。回来的时候又是一路下山，跑一会儿歇一会儿，比去的时候更累。

记忆比较深的是一次去看夜戏。我们起身时已经不早了，不知道什么原因，和阿梅两个想起来要去看夜戏，该走的人都早已经走了，两个憨胆大的娃娃就在月光下一路摸着向山上走去。起初，前面似乎星星点点有人拿着手电筒在走，我们两个就努力地往前追，但是渐渐地，路上只剩下我们两个人了。

月光下的群山黑魆魆的，四周寂静无声，不管是远处的树，还是近处的庄稼，都在如水的月光里显示出一种白天没有的形态。被月光照亮的地方如水银般明亮，而黑暗的地方又是那么狰狞吓人，仿佛一不留神就会从那些黑暗的阴影里冒出来个什么东西。夜里渐渐凉了，路边的庄稼地散发出努力生长的香甜气息。偶尔有夜出的鸟儿发出叫声，听起来也是阴森恐怖的，只有虫子的叫声能让人有点安心。夜太静了，需要一点点声音才好。渐渐地，从远处隐隐约约传来了一点点咿咿呀呀的声音，而那声音又是那么虚无，在这个峁崂上还能听见一点点，过一道梁之后又消失得无踪无影，仿佛从来都没有听到过。我们一会儿走走，一会儿停下来大气不敢喘地侧耳细听，专心觅音时，也顾不上想害怕与不害怕的事了。

终于，远处的丝弦的声音越来越真切了，真的是快到了呢。等我们终于气喘吁吁地看见黑圪垯那个在黑暗的夜里仍然比其他山头夜色更浓的山崂时，我们也听到了瞬间爆发的人声和人们奔下山来的踢踏声，是煞戏了！

站在山崂底下的我们仰头望着月色中的黑圪垯，点点的灯火从山顶远远地传来，影影绰绰的树林和人影，交织着一束束手电的光芒，夜仿佛瞬间被撕开一道道口子又马上愈合。那一路的宁静突然逃遁在无垠的黑夜里，而我们那一路奔走的劲头突然就变得无影无踪了。

# 乡 音

　　我的老家苏家河位于子长市东川，与子洲和清涧两县相邻。我们的生活习俗和语言多与清涧、子洲相近而略有不同，与县城子长（即今子长市）则是异大于同。

　　八岁时，我随父母迁居到县城上学。老家离县城有七十里路，俗话说"十里不同俗"，七十里外的县城对于小小的我来说就是另一世界，尤其是那自带优越感的瓦堡（即瓦窑堡）话，仿佛一门外语，让我这个乡下来的小孩被贴上了异类的标签。

　　那时的我胆小而又敏感，在陌生的环境里陷入了一种无知无依的恐慌，尤其在学校，我完全不敢开口说话，就连上课也不敢回答老师的问题。我的嘴像是被胶水粘住了，整日里一言不发，就连放学回家也变得沉默寡言了。加之城里老师将我在那个小山村所学的一切东西都无情推翻了，我变得更加郁郁寡欢，更加不自信了。曾经在老家的好学生成了同学们的笑料、老师们的累赘。

刚到城里没多久，老师进行拼音测试，那天我正在扫地，看到地上有一张被泥水打湿的卷子，试卷上画着78分。再仔细一看，旁边赫然写着我的名字，那个血红的数字瞬间变得那么刺眼，就像是刀子一样扎着我，要强的我在那一刻泪水如暴雨后的山洪，一发不可收拾，委屈、伤心、羞愧一起随着泪水涌上来。在这短暂的时间里，我已经多次因为拼音发音不标准而被老师罚站在门外。一个人靠着墙，两眼茫然地望着这个陌生的地方，只有三层高的教学楼在我眼中犹如怪兽一样，习惯了在窑洞平进平出的我，甚至不敢多抬头望一望眼前的庞然大物。因我是转学来的，老师将我安排在教室最后面的门跟前，班里学生太多，每次同学进出我甚至要站起来让道。因此，教室内外对我来说只是一道门的事，即便站在门外，里面老师的声音效果和坐在教室里没有什么区别，大多数时候我站在门外还在努力听着老师讲课，但偶尔也会走神。

那些日子里我一言不发，拼命学习。半年以后，当我以优异的成绩让老师对我刮目相看，甚至给予我别的同学没有的特殊照顾时，我的处境并没有因此在同学中间改变多少，我一口土里土气的老家话，让我一张嘴就成了他们的笑料。

那是20世纪90年代初，人们还没有意识要把孩子送到更好的地方去读书，村里有学校就在村里上学，村里没有学校就在附近村上。我在班里是另类的、特殊的，是应该被捉弄的对象。那时我太小，又乖，不懂得什么是悲伤和忧郁，只是默默地不说话，一天也不说一句话。默默学习，默默努力，整整半年我在学校没有说过话。半年以后，当我再开口说话时已经变成了一口子长话。但是最初的印象总是难以改变，不管我学习多好，子长话说得多溜，在他们心中我依然是他们一开始认识的那个农村的乖孩子，捉弄我也成了他们学习生活必备的调剂品。

记忆最深的有两件事，一是前排有一个女生，我每天早上早早去她家等她一起上学，放学又天天一起相跟着回家，貌似无话不谈，我以为和老家的小伙伴一样，我们已经是好朋友了。哪知有一天她丢了一块橡皮，因此整整骂了我一节课，喋喋不休，不依不饶。她认为我是从农村来的，而她的橡皮又找不到了，不是我拿的还能是谁？我依然记得她的各种脏话、难听话像洪水一样往外涌，而我只有木木的一句："我没拿！"慢慢地，我开始躲着班里的女生，在喧嚣的世界里独处，对于一个小孩子来说并不是一件容易的事，而我过早地学会了它。此时读书成了我逃避现实世界的法宝，这一习惯在我今后的人生路上也成了我真正的"生死之交"和"救命稻草"。另一件事发生在六年级时，那时我们的身体已进入青春发育期，课间，班上有几名女生总是对我指指点点并动手动脚，每次我只能护住自己的隐私部位并躲开她们。有一次上课铃响了，没有得逞的她们在进教室门的一刹那狠狠地推了我一把。我重重地摔在地上，头磕在了讲台棱上，右眼角眉骨处被磕得钻心地疼，而她们则没事人一样各回各的座位去了。上课了，语文老师在眉飞色舞地讲课，而我捂着疼痛难忍的额头默默流眼泪。我永远不能忘记我的语文老师，当她看到我在哭，不问青红皂白狠狠地把我骂了一通。她那涂得鲜红的嘴唇和抹得苍白的脸，还有大眼镜后面那双无情而又恶狠狠的眼睛，在我泪眼模糊的视线里永远那么恐怖而又无法消失。至今只要天气有变，我右眼眉骨处的伤疤仍会隐隐作痛，而那些年心里的隐痛更是难以消除，以致毕业多年，我仍是难以释怀，不与小学同学联系，更不愿回到母校去。

　　有了这些经历，平时在学校里我绝不说老家话，但是在家里我也不愿说城里话。寒暑假成了我一年中最开心的时间，只要一放假，我就迫不及待地想要回家，老家才是我自由的天地。在那里永远没有人会笑话我的口音，更没有人会欺负我、看不起我或者捉弄我。在我们的小山村里，大家说着同样的话，喝着同样的水，我们谁也不会在意谁贫谁富。在老家，我天天和小伙伴们泡在一起，我们一起玩耍，一起写作业，我给他们讲城里的新鲜事，讲那些因孤独、无人陪伴时，从书里读来的故事，但我从来没有和他们提过那些在城里的不开心，我总是刻意回避，讳莫如深，并自觉地将这个世界和那个世界严格隔绝开来。

老家人很好奇，我在城里住了那么多年竟然还说着一口老家话。在老家人看来，一个人出去了，学会了外面的话而忘了家乡话是不好的，那是忘本。所以他们对我是赞赏和肯定的，正是他们的赞赏和肯定让我至今还坚持着回家就要说家乡话。奶奶的哥哥，也就是我们的老舅舅，那时候常常来奶奶家。老舅舅是典型的蒙古族相貌，骨骼健壮，体形高大，脸盘方圆，留着山羊胡子。他总是拄着拐棍，乐呵呵地站在院子里，一瞅见我就会问："孩（方言音：xīng），瓦堡好不好？""不好，黑不溜秋的。"老舅舅一听，笑得白胡子都打战了，感觉细细的拐棍都支撑不住他庞大的身体了。那时真觉得有洋房、小汽车的县城一点也不好，不是因为它黑不溜秋的，而是偌大的一个县城竟容不下一个小小的女孩。

我有一种骨子里的固执，不喜欢那个自己无法融入的县城瓦堡，不喜欢那里的人和那里所有大街小巷的黑，只喜欢自己待了八年的苏家河。那里天蓝蓝的、水清清的，后生们英俊壮实，女子们俊美勤快，更重要的是我的舌头说起老家话来永远都不会打战，永远那么流利自然，亲切熟悉，像梦里的歌谣一般。谁没有家乡，谁不会眷恋那一段梦里的乡音，只是长大后，我们都不得不面临生活的抉择而背井离乡。

大学毕业后，我被分到一个偏远的小镇上班，小镇离城远，离我的老家更远，语言自然是有差异的。在那里工作了十年，十年时光可以悄然改变很多东西，包括我的口音。当有一天，我与陌生人交谈时，对方很肯定地问我是不是那个小镇的人，我非常惊讶，愣了半天才反应过来。原来不知不觉中我的口音变了，而它又出卖了我。人们常说走过的路都会留下痕迹，我想这就是工作十年的小镇留在我身上的痕迹吧！

诗人贺知章有一首我们耳熟能详的诗《回乡偶书》：

少小离家老大回，

乡音未改鬓毛衰。

儿童相见不相识，

笑问客从何处来。

诗人离家多年，自觉乡音未改，可是我想他的乡音如同我的乡音一样，多多少少掺杂进了他走过地方的口音。岁月无声无息流过，总会在不经意的什么地方给我们留下一些东西。

我时常回到那个魂牵梦绕的地方，但是站在寂静得让人发慌的村里，面对着不曾改变的山、河，心里涌起的却是一阵阵的悲凉，她是那么寂静，那么荒芜，仿佛过去的一切都不曾存在一样。

如今在家乡的微信群里，每天有操着不同口音的家乡人在热热闹闹地聊天，交流感情，就像过去我们站在硷畔上扯着嗓子彼此呼喊着拉话一样。人们已经不像过去那样在意你是否还会说老家话了。家乡话在他们心里已经成为一个模糊的影子。也许某一天，当他们听到一口流利的家乡话时，他们心中那一点被遗忘的记忆会马上温暖起来。但这并不能改变什么，就像蜻蜓点过的水面，他们的心湖马上就能恢复平静。

我也悲哀地发现，尽管我们一家人在家都说老家话，家里的小侄女却已是满口子长话，她也需要融入环境，一如当年的我。家乡话如同《百年孤独》里面那个庞大的家族一样，随着我们这一代人的慢慢消失，而家乡的记忆也会随之慢慢消失。

我想即便是我曾经万分抗拒的城里话，也会在多年以后毫无悬念地发生改变。写到这里，作为教师，我一直心有疑问，我们极力地推广普通话，甚至很多家长为了不让孩子输在起跑线上，已经不允许孩子说方言了。这固然不能说错，但是我想说的是，假如所有的方言都被同化了，我们所有的人都说着一模一样的话，这真的就一定是好事吗？多年以后，当同乡的我们在异乡相遇，我们又如何能在万千人中一下子找到让自己魂牵梦绕的那缕乡音呢？

# 月亮走我也走

月亮羞答答地从门对面山尖上露出半个脑袋，对面山上的背影地黑黢黢的，偶尔传来一声真真切切的"后——悔——"那声音沙哑苍老又吓人。脑畔上被月光照着的地方如丝绸般柔和，又如水一般的清凉。而下沟里还是一片黑洞洞的，月亮还没有完全照到。下沟里的麦场上，麦秸垛散发出一阵阵的新鲜香甜气息。热闹了一天的麦场刚刚安静下来，村庄将要睡去了，安恬而静谧！

这安静的夜只属于劳累了一天的大人们，娃娃们可安静不下来。如果你仔细听，在麦场边上，堆麦秸的地方不时传来几个娃娃叽叽咕咕的说笑声。月光慢慢照下来了，如果你再仔细看，在中间的一个麦秸垛下面，一溜小脑袋像刚刚出壳的小鸡一样从麦秸垛里探出来。夏夜清凉，麦秸里面暖烘烘的，没过一会儿，除了一个人还在兴致勃勃地说话，其他人都已昏昏欲睡。我们从月亮里的嫦娥、吴刚，聊到刚刚从老人们口中听到的"西游"，再说到"毛野人"的故事。那时的我们对月亮充满向往，对一切新鲜的事物充满向往，对天上地下乃至世间的一切都充满向往并且深信不疑！

眼看着其他人都要睡了，我急了，把他们一个个叫醒：藏野猫吧！这个提议每次都有一呼百应的效果，游戏马上开始。童年里几乎天天玩，但从来不嫌烦的游戏大概就是藏野猫了。藏野猫的老窝总是在奶奶家硷畔上，范围总是"起巷渠到老杏树，有沟底没脑畔（有脑畔没沟底）"。那些猪圈、旧窑、草房，那些塌墙、烂圐圙（蒙古语，指围起的草场，泛指圈起的一块地方）、驴圈、麦秸窑都是我们藏身的好地方。当然还有老窝跟前这几家的窑，大妈家的窑里面还套一个小窑，里面挺深的，还有一盘炕。窑掌吊着门帘，放下门帘，小窑里面一片漆黑，怪吓人的。那也是我们常常去藏的地方，尽管有时去了会被嫌麻烦的大妈骂出来。有一次在大妈家院里玩，估计负责找人的那个人数数的时候偷偷看了，知道我进了大妈家窑里，但就是怎么也找不到我。原来别人都藏好了，我慢了来不及跑远，情急之下只好躲进大妈家窑里。但是进去以后一想，那个小窑谁不知道啊，肯定马上就被找到。那时正是冬天，大妈家窑里有很多打百分的人，炕上炕下都是人。我正急得没有办法时，看见地上站着一人披了一件黄大氅，一直快要拖到地上，灵机一动，我就钻到那大氅下面，同时把脑袋探出去一点，也装作看大人们打牌的样子。披大氅的人也不理我，我就悄悄地在那儿站着。我听见门一次次被推开了，脚步声也从后窑里传来了几次，还听到有人自言自语：明明看见窑里进来了，怎么没有人？那一次，我最终也没有被找到，最后看打牌看得自己也忘记出去了。

还有一次也是在月地里藏野猫，我藏在了阿梅家旧院的一个麦秸窑里，用麦秸把自己给盖上了，自然别人是找不到我了。麦秸里暖暖的，最容易瞌睡，不知道怎么我睡着了，等我一个激灵醒来的时候完全蒙了，不知道自己在哪里。外面静悄悄的，月亮照着旧院的残垣断壁，显现出一种可怕的样子来，烂窑里黑乎乎的，过了很久我才明白过来是怎么回事。肯定是因为找不到我，他们都回家睡觉去了。我一个人胆战心惊地从麦秸窑里爬出来，沾了一身麦秸回家了。通过这两次经验我才明白，在游戏中把自己藏得太好了是一种高高在上的孤独，别人找不到你了，自然也不想玩了。有时给别人一个发现你的机会，也是给自己一个继续玩下去的机会。

平日里我们没有太多玩具，很多游戏都是就地取材的，除了冬天滑冰车、夏天打澡洗，女孩子们还喜欢玩打沙包、踢沙包（跳格子）、抓栽栽（羊拐）、藏鞋子等，男孩子们就是打弹弓、滚铁环、扇元宝、弹避火弹（玻璃球）。打沙包就不用说了，大家都会。踢沙包是画一个两列五行的格子，在第一列第一格里扔沙包，然后跳着踢着沙包，沙包既不能踢出线外，也不能踢到另一列。等踢到这列的最后一格里，再小心把沙包横着踢到第二列的最后一格，然后站在这个格子里踢沙包。此时，沙包如果踢进第二列第四格就是"掉进茅坑淹死了"，你的游戏就结束了；如果踢进第三格，就得转身回到第一列里，像斗鸡一样盘着腿跳，跳到第三格俯身拾起沙包，并保证手和盘着的腿不能落地，并一直跳出方格才能算赢，可以继续下一局；如果沙包踢进第二格，则需要回到第一列向后屈腿，一手挽住脚踝跳；如果是踢进第一格，就最简单了，直接向前走到第一格捡起沙包就好了。所以为了把沙包踢进第一格，我们总会不小心用劲过头，让沙包出线，或者踢歪到另一列了，这样结局和"掉进茅坑"里是一样的。

和踢格子一样需要跳来跳去的游戏还有藏鞋子。藏鞋子之前要先跳鞋子，几个人把脚上的鞋脱下来等距离摆成一行，也是按照固定规则跳，什么踩呀、踢呀、跳呀，很考验体力。只有跳赢的人才有资格去藏鞋子，然后其他人去找，我自然是没有赢过的。有一次，一双刚上脚的新布鞋被大妈家的姐姐藏了之后再也没有找到，藏鞋子的人自己也忘记藏在哪个犄角旮旯里了。那双新鞋就那样无辜地被我们遗忘在了风里，一年又一年，好似没有主人一样。这么多年过去了，这游戏早就忘得差不多了，但是那双始终没有找到的鞋子却常常被我惦记着。

女孩子的游戏还有抓栽栽，"栽栽"是用羊后腿关节的一段骨头做成的，一般四个一副，相同面涂上相同的红绿色。抓栽栽时，把栽栽撒在平整的地上或者石床上，然后向上扔沙包，在沙包落地前，将几个面一样的栽栽快速地抓起来，同时还要接住落下的沙包。抓栽栽的玩法和规则非常多，是考验女孩子反应速度和手的灵活性的一种游戏，我在游戏方面不擅长，这么高难度的游戏自然是不会玩的。

男孩子们的游戏略有不同，大多是就地取材，踢石头打瓦自然不必说，他们喜欢力量型、较量型的游戏，比如扇元宝。元宝是就地取材撕了课本折成的，我想应该有不少人因此挨打吧。扇元宝就是一人把折好的元宝扔地上，另一个人拿着自己的元宝，利用扇动的风和一些巧劲，把地上的元宝扇得翻个个儿就算赢，战利品就是对方的元宝。这才是对爱刺激、爱冒险的男孩子们最大的诱惑吧——有战利品！弹避火弹也是。在地上挖几个小洞，小洞之间有很小的沟沟连接着，他们可以趴在地上弹一天。你看那个上心的劲头，一会儿趴地上，一会儿跪地上，用眼睛瞄，用胳膊比画，轻轻吹去地上的土，专心地扫清一切障碍物。一会儿听见他们大呼小叫，一会儿听见他们唉声叹气，什么时候大人喊吃饭了，才能收煞（结束）。

那时候我们并不是一直有时间玩的，很多伙伴们除了上学之外，还要帮家里干活。男孩子们上山拦（指放牧）牛割草，女孩子们拔苦菜、割猪草、刷锅洗碗，有时我们还会给在山里劳动的大人送饭，到地里去赶走贪吃的鸟雀等。

在家里有家里的玩乐，出去了也有不一样的玩乐。

一次，我和阿梅到后塌里拔苦菜，后塌里的玉米已经长起来了，圆圆的棒子顶着红色的缨子可爱诱人。阿梅想要吃烤玉米，两个人就在地里刨了个小灶子，捡了一些柴火，偷偷掰了几穗玉米。要点火了，才想起来我们两个女娃娃没有火柴。思索再三，阿梅说刚才看见下畔上有个大爷，她去和大爷借个火。果然没一会儿就借来了，也不知道她给大爷捣了个什么鬼。火是点着了，看着玉米地里青烟直冒，我们又担心人家看见烟会发现我们的事，心急火燎地就将半生不熟的玉米啃掉了。

还有一次是在新庄沟玩，两个人都渴了，正好路过一个菜园子。里面绿格铮铮的黄瓜、红格当当的洋柿子香气四溢，别提多么诱人了。阿梅问我："渴了？想吃洋柿子不？"我当然想了。阿梅说："想了咱们两个进去摘几个洋柿子吃，这是我家的菜园子。"我高兴极了，放心大胆地和阿梅进去了，看见哪个红哪个大就摘哪个。吃了一会儿，阿梅淡定地说："吃得差不多了就赶紧走，操心人家看见了。"我很纳闷，心想：不是你家的吗？怕谁看见。阿梅把我推出菜园子，把园子上的圪针门扣好才说："我不是怕你不敢进去吃嘛，这其实是你大爷家的菜园子！"

前桥头上有一种藤蔓一样到处长到处爬的植物，到了夏天会结一种圆圆红红的小浆果，比茹茹颜色鲜亮，但比茹茹小一些，我们叫"木楞楞"。看着那果子鲜红欲滴的样子，我们都馋了，但不知道到底能不能吃，我和阿梅站在桥边咽口水，想吃又怕有毒。站了半天，阿梅自告奋勇："我尝尝，你先别吃，大不了闹（毒）死。"阿梅很小心地摘一个放嘴里，慢慢品了一下才说："肯定没有毒，甜的。"两个人才放开吃了几个。以后再见到那棵木楞楞，我们两个人都很自豪，好像这是我们发现的一样。至于打酸枣、摘木瓜、钩杜梨等，就不必细说了，只要能吃的、好吃的，没有能逃过我们手心的。

新庄沟有个烧砖窑，烧砖时，砖窑上面的黄土被烧得热乎乎的。我的一群小伙伴就从家里拿了鸡蛋，在河里挖一些淤泥裹住鸡蛋，然后把鸡蛋埋进砖窑上面的黄土里。过一会儿刨出来吃那个烤鸡蛋，比起煮鸡蛋、炒鸡蛋，自然又是另一种美味了！

到了秋天刨洋芋的时候，在山里烧洋芋，再刨一点小蒜就上，一派山野风味！秋天的山里可以进行各种野地烧烤，洋芋、黑豆、玉米等，还有各种野果，杜梨、酸枣、水秋子等。好像童年的记忆里除了吃就是玩，对于那些苦、难，我们根本没有什么印象。其实想想那时没有什么像样的玩具，都是自制的一些简单玩意，没有电视电脑之类的电子产品，甚至连电都没有。那些童年游戏虽然简单，但是也带给我们无限的快乐！那种快乐无与伦比，那时小伙伴们之间的感情也是无可比拟的。我常常记得和阿梅、艳峰、娜她们睡在一个炕上，玩到半夜三更不睡觉，常常记得阿梅家只要做了我喜欢吃的饭，她就会站在硷畔上喊我到她家吃饭，常常记得大妈家黄灿灿的玉米搅团和大婶子家的南瓜稀饭。那些饭食虽然只是农家最简朴不过的一餐，但是在我的童年里却留下了永远的美味记忆。

月亮又出来了，我也该回家了。在苏家河无数个静悄悄的月夜里，我们一起欢快地奔跑，放声歌唱，一起望着遥远的星空，一起许下长久的愿望，一起守住那个永远的梦！

月亮走，我也走，
我和月亮手挽手，
我给月亮提竹篮。
竹篮里面两个蛋，
拿给娃娃下稀饭。

# 流向外婆家的河

　　门前有一条弯弯的小河，沿着小河蜿蜒的是阳砭（指傍山临沟较平缓的狭长地带）上一条弯弯的小路，小路的这头和那头分别连着奶奶家和外婆家。在这条小路上留下了我往返外婆家深深浅浅的脚印，在这条小河里洒下了我往来外婆家点点滴滴的汗水。

　　外婆家不远，就在隔壁村，抬脚就到了。暖融融的阳光照着身子，我的脑门上已经是汗涔涔的了，鼻尖上的汗珠在阳光下想必和路边草叶上的露珠一样七彩生辉吧。阳砭的小路一边是陡山，另一边是高高的石崖。崖畔上顽强的酸枣展着油绿的叶芽，米粒大小的浅绿花朵在阳光下染上一层金色。我一会儿看看路边的小草，一会儿抠抠崖上的圆沙石子，一会儿又蹦着跳着逮一只花白的蝴蝶。

　　过了烟布袋渠，就到峁底村了，一个凸出来的山峁孤零零地立在村界上，那里住的是子洲人，听起来像是另一个民

77

族的，但其实他们和我们没有什么区别，都是乡里乡亲的人。沿着山峁蜿蜒的是那条不变的小河，不同的是小河从这里开始的是不肯结冰的。每到冬季，清凌凌的河水里水藻碧绿可人，而夏季却是一片枯草样的死灰状，且有一股淤泥的腥味。尽管如此，每次过河时我都会蹲在河中央的圆石上洗洗手、洗洗脸、玩玩水，摸摸河里的石头上滑滑的河衣（即水草、水苔），掬一捧水，白费力气地逮几个永远也逮不着的小虫子。河面上的阳光清清凉凉的，我要在河里流连玩耍半天，才起身与小河相跟着往前走。上了大路，过个垭口，转个峁峁，就看见外婆家了。

外婆家门对面的路上尽是粗壮的杨柳，枝叶茂密，遮盖得外婆家的院子只能看见一星半点。但是外婆家的大黑狗已嗅到了我的味道，在硷畔上跳着咬着，不时低低哼叫着，把拴着它的铁链子在石床上甩出很大的声响。听着狗叫声不一样，外婆家就知道来了亲戚了，外婆和舅舅们站在硷畔上张望，而我却不着急过河到外婆家去。

路边的井沟是王家圪台的井子所在地，井沟是一条逼仄的沟，沟里杨树挺立，纷纷扬扬的树叶遮天蔽日，树下落叶厚厚一层，沟里有一股浅浅的溪流在落叶间徐徐徘徊。井沟不深，沟里树木高大茂密，就显得黑幽幽的，夏天的时候进去尤其舒爽。到了夏天，三舅舅在沟里聚了一个小坝，绿汪汪的水面上，阳光如金子般闪烁耀眼。坝口接了一条软皮水管，源源不断的水流顺着水管跨过河沟，浇灌着对面的菜地。小时候最让我惊讶和迷惑不解的是，明明隔了一道沟，可三舅舅在菜园子这端的水管口用力一吸，水就会从井沟的坝里涓涓地流到菜地里了。

井沟的坡上有很多长着灰色绒毛的小草，个儿不高，整片整片开着蓝紫色的花儿，纯白花蕊，星星点点，像大地上的星空一样让人着迷，长大后才知道那是婆婆纳。直到现在看见婆婆纳，和外婆家有关的一片灿烂星辉的夏日记忆总会随之而来。

看完了井沟的大树、小坝和花儿，我才慢慢腾腾地走到老井子跟前，井子不深，有大人的半腿高。石头砌成四方模样，清凉的泉水从井边无声无息往外溢着。井边的青石板上常年湿漉漉的，担水的人们你来我往并不需要什么特别的工具，只把桶放井里一放一提，一桶水就满满当当的了。这口井里的水特别好，妈妈总说这口井里的水做出来的豆腐尤其好吃，我想这大概是"水是故乡甜"的缘故吧！每次路过这里，我都会蹲在井沿上看好久，井里面的一种叫作"仄楞"的虫子。仄楞全身透明，像小虾一样弓着身子一拱一拱地游动。据说仄楞只生活在干净清透的水井里，由此可见这井里的水确实是不错的。有时我也会掬一捧清凉的井水喝，那凉透心、甜到底的滋味真是比煦风还要醉人。山里劳动回来的舅舅们更爽利，蹲下身子直接把头伸进井里就喝开了。人在井里喝，牛、驴等牲口在井边溢出去的溪流里喝，各有各的去处，各享各的乐趣。

老井子旁边就是那条一路随我而来的小河，流到这里时，河水已经丰盈起来了。水草轻盈地在满是淤泥的河里摆动着，水还是那么清澈透亮，金子一般的阳光在河面上洒下点点光芒。山泉从上游推下来的一块块石头，时不时阻挡着、改变着水流的方向，而河水却永远那么欢快地叮咚着。小心地跳过河中间的矴石（即水中的脚踏石），爬上一曲三折的高坡，外婆、外爷、舅舅们正端着碗在硷畔上吃着饭，用舅舅的话说，我常是来赶饭碗的。

外婆家人多，人多了活好干，饭也好吃。虽都是家常便饭，但外婆却能做出来不同于别家的美味。其中最家常、最普通也是最让我们怀念的是外婆家的稻黍饭（稻黍指高粱，稻黍饭指混合了各种谷物与豆子的稀饭）。将各种泡好的谷物和豆子在大铁锅里用柴火慢熬，熬到最后豆子开花散发出食物的香味，也最大程度地展现一锅稀饭应有的样子。外婆熬的稀饭，各种谷物和豆子与水完全交融。喝起来滑滑的，不用嚼，各种谷物和豆子就争先恐后地滑向喉咙，冬天让人暖和，夏天滋润解渴，不过也"惯坏"了我的胃，让我一直对稀饭情有独钟且十分挑剔。

用时间和耐心去等待那一锅香味四溢的稀饭，不是受苦人的本分。受苦人都很忙，急匆匆，来来去去，就连吃饭也是稀里呼噜、风卷残云。为了一家人的吃食，外婆总是最早起床的那个人。每每窗户上还是黑洞洞的，便听见外婆摸着下炕了。她系上围裙，提着马灯先看一圈牲口，再去闲（方言音：hán）窑里翻腾一气，然后准备一家子的食材。庄稼人吃饭不讲究，无非烩菜、稀饭、馍馍、洋芋擦擦一类的。一开饭，各种饭食便满满摆了一炕。除了特别冷的冬天，一般我们都是盛了饭就端到院里吃，硷畔上、石床上、木凳木桩上，或蹲或坐，边吃边拉话，顺便看看硷畔下和对面路上来来往往的人。过去常常有沿村乞讨的人，赶到饭点时，外婆总会给他们好吃好喝的，像贵客一样招待一番。外婆一辈子身体不好，加之生育较多，对身体的损伤大，在缺吃少喝的年月里遭下了不少月地（指月子）病。医生断言她的寿命也就是四十多岁，但外婆如今已是近九十的高龄了。我想这大概和她一辈子心地善良又乐观豁达，能宽容别人，有直接的关系。不论是村里的还是路过的，不论是老人还是娃娃，不论是残疾的还是健全的、贫穷的或者富有的，只要到了外婆家，保管让你肚皮圆溜溜的再下硷畔。外婆平时与人相处能吃亏，并且从未见她与左邻右舍产生过矛盾，发生过争执，可以说一辈子没有和村里人红过脸。印象最深的是，和外婆一起走路，她总会把路中央的石子、土疙瘩等一些障碍物捡了，扔到路畔，把坑坑洼洼的地方给垫起来。外婆坚信修路补桥、与人为善就是给自己积攒功德，可以添福添寿。

慢慢地，我也相信了这一点，并且深信不疑。外婆的这些举动多多少少在我心里种下了善的种子，并且这么多年里在我心里生根发芽、茁壮生长。

夏天去外婆家最大的乐趣莫过于在后圪塔里玩。后圪塔是外婆家后脑畔的一片山坡，上面遍植各种果树，树下又种着西瓜、小瓜等。每当盛夏来临、烈日炎炎之时，先是路边的那棵老梅杏熟了，一边大一边小的梅杏最先熟的时候，是从尖上开始变红的，这时候的梅杏吃起来脆脆的，甜中还有一点点酸味，这是梅杏恰到好处的味道。再熟几天就会变成通身黄灿灿的样子，咬一口汁水横流，软软的，甜得发腻，用来晒杏干还行，吃的话只适合掉了牙的老婆儿、老汉们了。吃了梅杏，接着夏苹果就上来了，青青的、小小的夏苹果皮薄肉脆，咬一口满是初夏清爽的味道。紧接着又是小瓜、西瓜、夏梨……各种果蔬一样接着一样不断地熟了，后圪塔里我们的脚踪也越来越密了。

后圪塔的上畔上有一棵核桃树，不知道什么时候，嫩嫩的核桃就已经成熟了。翠绿的核桃皮上花纹遍布，圆圆的核桃悄悄地藏在小巴掌大的叶片下面，但是核桃再怎么聪明也躲不过淘气小孩的眼睛。青皮的核桃被我们摘了下来，一颗一颗圆滚滚的核桃，我们把它们摆在河边的石头上敲去青皮，磨掉皮下的肉，再放进水里洗得干干净净的才能敲开，然后小心翼翼地剥去核桃仁上面附着的白褐色的皮，最终吃上那一点嫩嫩的，有股清甜奶香味的核桃仁。

青核桃对娃娃们的诱惑力不在于它有多么美味，而是吃核桃的这个过程好玩。核桃树不是家家有，整个庄里也没有几棵，偷核桃成了娃娃们理所当然的事。在乡村，碎脑娃娃们在山野里偷摘一点果蔬不是什么大事，变用一下孔乙己的话说："小孩子的事能算是偷吗？"这样的事即使被发现了，小孩子们顶多就是挨几句骂了事。青核桃是最没有办法偷偷吃掉的，敲完核桃最恼人的就是一双手被染成黑褐色怎么也洗不掉，这就等于举着牌子告诉人家你偷吃青核桃了。

后圪塄里虽然好吃的多，但是亮红晌午时我一个人是绝对不敢去的。有一次，舅舅们从山里回来歇晌，想吃小瓜了，打发我们两个娃娃去摘小瓜。才走到地畔上，我看见两条蛇在一棵梨树下打架，一条黑乌蛇和一条花红蛇都仰着脖子相互对峙着，我们吓坏了，扔了筐子飞奔而下。听说有蛇，五舅舅拿了锄头和三姨几个就上去了，我们也胆战心惊地跟在后面。到了地头，太阳热熬熬地晒着，两条蛇依然对峙着，一点也不嫌累的样子。一看那个阵势，五舅舅和三姨也不敢动了，马上打发我们再回去捉家里的狸花猫来。村里人认为猫能降住蛇，是谓一物降一物。

虽然陕北地区的蛇大多没有毒性，但是蛇在陕北文化里有重生之意，人们对蛇有着又敬又怕的心理，一般人是不会轻易伤蛇的，害怕遭到报复。更有迷信之人看见蛇要赶紧把自己的头发弄乱，免得被蛇数了头发（蛇吐信子时像是在数数，人们认为它是在数人的头发），有性命之忧。一般家里来了蛇，要小心翼翼恭恭敬敬地送走，并不伤害它们。如果来的是白蛇，还要点香烧表，祈求白蛇平平安安离开自家。好在人们知道世间万物都是生生相克的，自己没办法就找能降得住的去震慑。

猫来了，一猫对峙两蛇，只见狸花猫蹲卧在离蛇不远的地方示威似的哼叫着，前爪不停地在地上刨着，从喉咙里发出一声声低沉的"喵呜——喵呜——"的警告声，终于那条黑乌蛇熬不住了，败阵而走。但是那条花红蛇却相当厉害，根本无视狸花猫的存在，舅舅们扔过去的土疙瘩也不能吓走它，反而让它的脖子越昂越高了，最后五舅舅壮着胆子上去，用锄头压住了它，闻讯赶来的外婆用铁锨铲着这条骄傲的蛇，把它送河里了。从那以后，谁想让我一个人去后圪塄是不可能的了。

后圪塄的下畔上有一个用石头垒成的小房子，六舅舅经常会睡在里面看着果园子。那个小房子不大，一个石床就占得满满当当的。房子一边是山崖，正对着对面的公路，另一边对着山上。两边是通透的，白天睡里面歇晌正好，凉快。晚上就不那么好了，满山的蚊子都来光顾，即使用艾草熏，效果也一般，睡在那里简直成了蚊子的美味大餐，而且睡在空旷的山里是很害怕的。但是在院子里睡觉却是常有的事，睡在院子里既凉快又让我感觉新鲜。早早地在石床跟前熏上一堆艾草，满院子笼罩着艾草浓烈的馨香，我躺在床铺上一边听着河里蛙鼓阵阵、虫鸣声声，一边看着深邃的繁星满布的天空，颗颗粒粒如钻石般闪耀着神秘的光芒，将童年引向无垠的广袤世界。有时一轮皓月当空，村庄被照得如水一样温柔安静，对面的山沟里黑洞洞的，月光下所有的影子都被染上了浓重的黑，仿佛调不开的颜料一般。外爷拖着重重的脚步声走动，劳作了一天的舅舅们已经在一片呼噜声里安然入梦。窑里点着摇曳的灯火，刷锅洗碗的声音和婆姨们窸窸窣窣的声音隐隐约约传来，渐渐传入我缥缥缈缈的梦乡。睡在院子里固然新奇又凉快，但是一到后半夜，往往会被蚊子咬醒或是被院子里沉沉的湿气压醒，只觉得头上湿漉漉的很沉重。这时我就会迷迷糊糊、摇摇晃晃地走到窑里，爬上炕继续睡。第二天醒来，却不知自己是怎么样回到窑里的。这样的迷糊事大都是在梦中进行的。更迷糊的是，一个夏天的晌午，我玩累了就在边窑的床上躺下睡了。一觉睡到下午起来，突然看见漫天霞光异彩纷呈，橘红色的霞光把大地染成了一片朦胧的橘红色，天地之间仿佛披上了一层柔柔的淡色轻纱，那么温柔美丽。恍惚间，我不知此时何时，站在外婆家院子里的那棵枣树下想着：妈妈他们昨天去山里劳作到现在还没有回来吗？甚至在心里想了很久他们是怎么在荒无人烟的山里过夜的。那个下午，独自在院中站了很久很久，我才慢慢明白过来，我把霞光满天的下午错以为是早上了，感觉睡了很久、梦也很长的那个下午，其实只过去了一个多小时而已。望着霞光遍布的天空，年少的我心中突然涌起了少年不应有的千种愁绪和莫名忧伤，那情感排山倒海一般向我袭来，当我远远看见迎霞归来的母亲他们时，禁不住泪流满面。而那股愁绪在我以后的人生里时不时袭击我的心头，也带给我千丝万缕的诗情。

我和弟弟常常独自往返于外婆家和奶奶家之间，那条小路我们闭着眼也能摸到。弟弟比我调皮，也更具有冒险精神，有时候放着现成的路不好好走，非要自己去开辟一条。结果有一次，我们沿着小河走在河滩边时，小河上游发了山洪，河水顿涨。四五岁大的弟弟被水推到河中间了，浑黄的泥糊子里夹杂着各种翻腾着的草木，河水不停地抖着它的威风，让人看得头晕恶心。求生欲极强的弟弟竟然能死死地抓住河里的一块大石头不放。我吓得胆战心惊，好在不久河水回落，弟弟爬到石头上暂时安身。这时二外爷家的二舅舅路过，二舅舅用长棍子把弟弟拉到了岸边。浑身裹满泥浆的弟弟瑟瑟发抖，二舅舅捡了一些柴火烧起来，把弟弟的衣服烤干，才打发我们回去。

经常来外婆家的不仅有我和弟弟，还有大姨家的小孩。大姨家的哥哥比我大不了几岁，也是调皮捣蛋的。一次，六舅舅在后边窑里歇晌，为了不让苍蝇落在脸上打扰睡觉，就把一只没有顶的草帽遮在脸上。哥哥轻手轻脚走到六舅舅跟前，从草帽里朝六舅舅脸上吐了一口口水又马上跑了。六舅舅一翻身拿起草帽看见我正在床边玩，二话没说就打我。我委屈得哇哇大哭，马上去给外婆告状了。外婆拿着笤帚追着六舅舅从前豁子里出，又上了后硷畔，两人在院子里绕圈圈跑。不一会儿，比我们大不了几岁的六舅舅也开始哇哇哭了。我和六舅舅两人抱着膝盖蹲在硷畔下面的圪崂崂上各哭各的，可把一旁的哥哥乐坏了。

　　冬天去外婆家也好玩，尤其是下了雪，四舅舅要出去逮兔子、捉野鸡，我是一定要跟着去的。一次，我们从脑畔山上出发，沿着小路一直走了几座山，才发现了兔子的踪迹。有经验的四舅舅马上找到两只灰灰的胖兔子，兔子远远嗅到了我们的气味就开始撒腿往山上跑。四舅舅铆足劲追赶着，想把它们追着赶下坡。兔子非常聪明，它们大长耳朵背在脑门上，撒开脚丫在雪里绕着"之"字形跳跃，一点累的意思也没有。雪挺深，走着都困难，何况是跟着兔子跑。虽然兔子的腿更短，跑着也不易，但我感觉我更累，早已上气不接下气了。四舅舅一边追兔子一边还要招呼我，担心我滑下山去又怕我迷路。好不容易看见兔子已经慢了下来了，而且就要到山顶了，见着希望的四舅舅加劲跑上了，一边跑一边喊着让我快点，可是我哪里能快得了，没坐下就不错了。都说兔子下山跑不快，追了几座山之后，四舅舅把希望都寄托在这个坡上了。太阳照在雪上，白花花的。一直盯着兔子跑，我的眼睛开始流泪了。哪知道下山的兔子为了逃命更难追，有积雪垫着，兔子连跑带滚，像雪球一样骨碌碌就到沟底了。眼看着追不上了，四舅舅只得放弃，兔子毛也没有逮到，我们疲惫不堪地带了一身泥水回去了。

不论有没有逮到兔子，在外婆家的快乐是丝毫不会减少的，而且这种快乐不管是去谁的外婆家都会有。阿梅的外婆就住在子洲地界的峁底沟里，这也是我经常去的地方。每年正月初六，峁底村有转灯活动。一到初六下午，我们便早早动身，沿着冰滩一路走一路玩，往往天擦黑了才能到。阿梅的外婆正系着围裙在炕上擀着长杂面，"咣当——咣当——"铿锵的擀面声和她小巧的身材一点也不相符。刚刚上灯的窑里影影绰绰，我坐在炕边瞅着墙上各种军民一家亲的古旧挂历画，这些画让这个不起眼的窑洞显得格外辉煌神秘，充满着与奶奶家、外婆家都完全不一样的气息。原来阿梅的外爷是老红军呢，此刻他正翘着白胡子坐在下炕里向阿梅问长问短。阿梅的外爷一副慈祥的面孔，身架大，但是却完全没有故事里红军爷爷的威武神秘劲儿。他让阿梅给我拿一些梨子吃，冬天入了窑子的梨凉到了心里。阿梅外婆家的梨子和我吃过的其他梨子都不一样，小小的，大概只有小孩拳头那么大，黑青的皮特别厚，要拿洋芋刮刀把皮刮了才能吃，味道还很不错，就是皮厚肉少，没有多少吃头。梨子还没有吃完，挪着小脚的阿梅外婆已经把一碗滚烫烫的长杂面塞我手里了，这一碗长杂面让我整个晚上肚子里都是热烘烘的舒坦。

擀长杂面是陕北女人的绝活。擀长杂面时，要先将豌豆加上适量的沙蒿籽磨成粉，用时按比例调入白面，然后放在大案板上擀。擀长杂面只有一块大案板远远不够，还要在炕上铺上干净的塑料布或者布单子，随着面块越擀越薄，杂面慢慢变成一块大如炕席、薄如纸张的面皮。擀好的长杂面薄厚均匀、透亮且没有烂洞，闻着有一股豌豆的香味。将长杂面切成或宽或细的长条，一把一把码好，吃的时候煮熟，浇上满满的洋芋疙瘩柿子汤或者羊肉猪肉臊子汤，风味绝妙！由于长杂面好吃、易消化，且宜荤宜素，因此是陕北女人月地里必备的食物之一，擀长杂面也成了伺候月婆子的必备技能。

撂下碗，我们就按捺不住激动的心情了，急匆匆地赶往灯场。峁底村的灯场也在一个避风窝里，不同的是他们是低灯。在平坦的地上，用土拢出一条条圪梁梁来，将洋芋挖成一个小钵钵，在钵钵里倒上燃油，放进灯芯，外罩五色纸围成的挡风，一盏灯就成了。洋芋灯放在土梁梁上，点起来也是五光十色的好看，不过要低头看。土梁梁不高，只到脚踝位置，转低灯时极容易走错，更容易把脚底下的灯踢飞，一不小心还会引燃纸做的灯罩，烧到自己的裤腿。尤其是秧歌家的裤子面料柔软，裤腿又宽，走路容易带风，一不小心就会引火烧身。我们便给这灯起了个诨名——烧裤腿灯，仿佛我们去峁底村转灯的更多乐趣在于看人家烧着裤腿的狼狈样！

就这样年复一年，日复一日，同样的路，不计其数的往复，我们却走出了不一样的乐趣。去外婆家，是去另一条与自己血脉相连的河。水光潋滟，波澜方兴，这条河永远碧水涓涓，无有止息。此时，窗外谁家孩子清脆地唱着古老的童谣：


倒对，扯锯，

扯倒外婆家的老枣树。

舅舅打，妗子骂，

外婆外爷说：

要打娃，

装上一把干枣枣回个吧。

# 乘着时光去赶集

盛夏的午后，大地炙热，阳光透过乌黑的云边，洒下万丈金色的光芒，那些光芒穿透云层，如通天的大刷子般迷幻诱人。而云层的另一边，远远望去黑云动地，电闪雷鸣。在我很小的时候，我便知道了这一奇特的自然现象——太阳耍胡子。

"太阳耍胡子了，要打雷下雨了，咱们要赶快回！"赶着驴车的外婆坐在车杆子上，一边扬着鞭子一边说道。"太阳耍胡子"，说得多新鲜，多有趣呀！我便永远记住了，外婆是把太阳当成扳水船的老艄公了呢。老家正月里闹秧歌时，有扳水船的项目，最精彩也是我最喜欢的环节就是看老艄公耍胡子。一个秧歌队的水船扳得好不好，就看老艄公的胡子耍得好不好。于是喜欢奇思怪想的我一路都没有担心会不会淋雨，害不害怕打雷，倒是一直担心太阳公公随时会收回他那光亮闪闪的大胡子，就像小时候看扳水船时，好不容

91

易挤到人群前面了，老艄公却甩甩他那长长的白胡子再也不动了，让我看不尽兴。

这是我童年里为数不多的关于赶集的记忆之一。集在离家三十里外的老君殿，是子洲的一个小镇，听着名字便像是有一番故事的地方。有何故事我并不知晓，但是三十里外的地方，对于一个孩子的诱惑不亚于走州过县闯天涯。因此当外婆赶着毛驴要去老君殿赶集时，我怎么能放过这么好的机会呢？

一路转山绕峁，总是不离那些山头圪垯，等我们终于下了山，过条河，老君殿也就到了。老君殿到底有什么，至今我也说不上来，唯一记住了"太阳耍胡子"。

九月的阳光温暖宜人。头上拢着白手巾的老汉赶着羊群，悠悠行于摆满货物的街道上。羊前羊后，汽车声、摩托声不绝，只是羊群兀自悠哉着，全不管这些噪声的存在，仿佛世界根本就是它们的。

一棵棵菜心嫩黄、菜叶碧绿的大白菜，被码得整整齐齐的装上三轮拉走了，一问价钱才三毛钱一斤。听着菜农懒洋洋的回答，这么便宜的价格，他连回答的心情都没有！此时地里的庄稼刚刚收割回来，又到了腌菜的时节了。一个个摊位上散乱地堆放着红萝卜、白萝卜、洋姜、蔓菁等适于腌制的菜蔬。我想买些红萝卜生吃，走到一位大妈的摊位前。大妈的菜蔬绝对不是在城市的超市里看见的那些洗得干干净净，码得整整齐齐，大小匀称的精选蔬菜。它们刚刚离开泥土，身上还有些湿润，有的七扭八歪，也有的奇形怪状，有大有小，有粗有细，都混作一堆。我顺手拿起几个红萝卜，大妈随手一称，直说道："不够不够，再放，还不够——"看我迟疑不定，她干脆拿起几个大的扔进秤盘子里。我看放多了，怕她吃亏，直嚷："大了大了，放个小的。"哪知她手一挥："拿走拿走。"在这个地方买菜，我很少与他们讨价还价。他们本不是专门做买卖的生意人，都是些农民，自家种菜吃不完，拿出来赚点零钱花，所以我也不在几块几毛钱上计较。不料他们更慷慨，每次买东西都是花很少的钱买来很多的快乐。

漫步于人群，两边摊位林立，多数是卖自家收获的一些农产品。有刚摘下来鲜艳抢眼的红辣椒，有细小的绿辣椒，还有浅绿的甘蓝、诱人的红薯、鼓圆的蔓菁……每个摊位前都零零散散地堆放一些，家家还都不一样。更有刚打下来就炒熟卖的葵花子和新鲜的炒花生。这瓜子花生绝不是烤箱里烤出来的那种千篇一律的无聊之味，而是在铁锅里用黄土炒出来的，带着些黄土香味，混合着自然的植物油脂香，吃进嘴里是满满的童年味道。而且因是手工翻炒，每一粒之间的味道也会有细微的差别，让你不知道吃下去会有什么惊喜。

卖红葱的占了长长的一大片摊位，看来今年的红葱丰收了。红葱因皮为红色而得名，据说在陕北已有上千年的种植历史，为陕北特有。陕北地区夏季干旱少雨，冬季漫长寒冷，红葱耐寒耐旱，适合在此生长。红葱味道辛辣刺鼻，可用于调味。在陕北，不论是家常小炒，还是逢年过节做八碗、包饺子、炖羊肉等，红葱都是必不可少的调味品，好像没有红葱入味，再好的饭食也没有了灵魂。陕北人常说："天旱晒不死葱，年成饿不死兵。"把味道浓烈的葱和刀尖舔血的兵放在一起，不稀奇也不突兀。屯兵为寨，筑城为堡，见久了兵戎杀伐的陕北人，再吃着这样性格暴烈的葱，骨子里早就融入了葱的一股烈劲儿。但是这股刚烈里面却又有无限的包容与和合，像红葱一样，调和食物味道，激发食物香味，却不会盖过食物的味道。这大概也是陕北人喜欢红葱的原因之一吧！

正走着，听见一位大爷朝一位大娘炫耀着："我的红葱是没扎成捆，卖相不好，可是你吃了就知道，没有用过化肥，纯天然的，味道都不一样！"我不禁莞尔一笑，大爷也会赶着时髦给自己的红葱打广告了。

再往前走是卖旱烟的老汉，旁边坐着他的老哥，两人现打广告。一位用练习本的纸卷着旱烟抽，另一位用旱烟锅吧嗒着，他们眯着眼睛，晒着太阳，抽着旱烟，谁也不说话，好像此刻享受阳光和旱烟浓烈的味道才是人生最重要的事，至于卖旱烟只是捎带。在这两位享受生活的老汉旁边，还有一对老夫妻也在卖旱烟。那老汉头上拢着白手巾，牙已稀疏了，正忙着给一个婆姨称烟叶，因为斤两不够，直让买主往里放，一直放到秤锤掉到怀里。老婆儿只是看着他笑，既不发表意见也不帮忙。买烟的婆姨一边掏钱一边骂自己的老汉："呛得咳嗽要命了还要抽，买了让好好抽。"大概这就是一起生活了许多年，相互融入对方的样子吧。尽管知道他不对，还要纵容他的不对。

再往前走，是提着篮子卖土鸡蛋的老婆儿、老汉，土鸡蛋不知真假，但那一篮子的谷糠看着挺真。更远处是卖农机的，新绿色的脱粒机像初春绿油油的草地一样展开一片，各种认识的、不认识的农具摆得满目琳琅。

原路折回，耳边是不绝于耳的叫卖声、汽车喇叭声、三轮车声以及摩托的突突声……让我想起了大学时学过的一篇英语文章《中东大巴扎》，讲的是类似于我们的集市里面的情形。课文内容忘记了，唯记得有几句描写是挂着铃铛的驴子穿过人群拥挤的市场，那清脆的铃声穿越嘈杂的市场的情景。之所以印象那么深刻，是因为当高级英语老师声情并茂地读出那些句子时，我恍惚就站到了那个集市里，和那清脆的铃铛声一起，穿过熙攘的人群，迷失在热闹的集市里。我想，家乡这里曾经也有过这样铃铛清脆的时刻，但是随着时代的发展，小汽车、三轮车，还有吵闹的摩托车，取代了摇摇摆摆的驴车，要是还能听到驴子的铃铛声，那就是对耳朵的犒赏了。

在感慨新时代不好的时候，新时代赶紧亮出了它的优势。出门的时候，我只带了二十块钱现金，没想到遇见好几样自己喜欢的果蔬，超出了预算。好在小镇也享受到了新时代的便捷，处处都可以微信扫码支付。

提着几袋子沉甸甸的吃食，想想今天收获不小，四十块钱就买了这么多东西，还都是绿色纯天然食品，心里不禁乐和起来。

在这小镇上赶集，我置身历史与现实交错的世界里，一会儿享受淳朴民风的美好，一会儿享受现代科技的便捷。乘着时光去赶集，我把自己遗忘在九月的阳光里。

# 往　事

　　夏日午后，太阳炙烤着大地，院墙上的南瓜叶子蔫了，辣椒、豆角也都耷拉着脑袋，院子被晒得白花花的，十分耀眼。昏昏欲睡的我躺在老奶炕上，听着爷爷和从花寺湾来的表亲一边高一声低一声讲"古朝"（故事），一边喝烧酒。突然平地起风，摇得窗户纸哗啦啦响，风卷着黄尘直往窑里灌，挪着小脚的老奶赶忙去放下门帘。窗子外渐渐暗了下来，风起云涌，没多久电闪雷鸣开始了，哗哗的雨直倒下来。猛然间"咔嚓"一声巨响，天空像是被划开一道长口子又迅速愈合了。门窗和炕都在隐隐颤动，吓得我一骨碌爬起来缩到下炕圪垯里。这时听见爷爷低声说道："敢不是出怪了？这就响雷了。那一年也是伏炎天气，也就这么个响雷了，下了一阵雨，山水就下来了，河里推下来一只琵琶大的蝎子。"爷爷就这么平平静静说完了，窑里突然静悄悄的，外面的雨似乎更大了，雷似乎更响了！

不知道怎么，他们又把话题扯到了土匪身上。说是那一年，山里下来个土匪，穿着破烂，吆着毛驴，驮了毛桃来村里专向地主家卖。毛桃在乡村不是稀罕物，要的人不多，只有心善的看见来人穿得破烂，心里怜悯买一些。没几天，村里几户地主家都被抢了，也有幸免的。原来土匪也是个讲究仁义的，卖桃只是个幌子，踩点才是真的。那些一毛不拔的都被狠狠地搜刮了一番，而心善的虽富但并没有不仁，也就免过了。那时的土匪已经有土枪了，地主招架不住他们的枪。说到打枪，来的人便有话可说了。

老奶娘家是花寺湾的，来人正是她的娘家人。那些年，老爷带着他的小舅子（即我的三老老舅）跟随谢子长闹革命。老爷曾是玉家湾九支队的队长，常常去玉家湾开会，晚上去，天不明就回来。那时从清涧折家坪沟里的白家坪一道沟往后走，一直到顶沟掌的苏家河，都是国民党的地盘。老爷他们势单力薄，白天都不敢出来活动，形势紧张的时候也不敢回家。据说有一段时间，两个人一直躲在王家圪台枣林山的一孔破窑里，王生忠（是我们的外爷辈）一直给他们送饭，他们白天就在破窑里睡觉，晚上才出来活动。有一次，两人正在碑坪上的烂窑里藏着，远远看见碑坪里上来两个人，来人带着枪，三老老舅急了马上拿起枪。老爷仔细辨认了一会儿，其中一个是村里的，在保安队当差。老爷想着都是同宗同族的，不知道他们的来意不能贸然开枪，就制止了三老老舅。两个人越走越近，三老老舅的枪都上膛了，这时碑坪上飞走一只鹰，原来两人是来打鹰的。鹰飞走了，两人自然就不往上走了，老爷他们虚惊一场。

老爷既不想伤害同宗同族的人，又不想暴露自己游击队的身份，这是很难的。没多久，老爷的身份还是被对方知道了，但是他们一直逮不到老爷。无奈之下，他们就把老爷的大哥，也就是我们的大老爷，一个老老实实、本本分分的农民，绑来吊在树上拷打，要他交出老爷，还要大老爷承诺劝说老爷不要再跟着共产党胡闹。大老爷被吊了一天一夜无果，峁底村的一个绰号叫"高老麻儿"的好汉看不过，出来替大老爷说话，他说各家门，另家户，各自过各自的光景，不要说是个兄弟，就是自己养的儿子，腿在他身上，谁能管住了？你们要是有本事逮住本人枪毙了都行。都是乡里乡亲的，保安队的人也觉得高老麻儿说得在理，何况要卖他个人情，只得把大老爷放回家。从此，老爷的日子就更加难了！

他和三老老舅经常走夜路到玉家湾开会，很多次都是死里逃生。一次，两人在回家的路上遇到了三只狼，那时候人都吃不饱，更不要说狼了。那些狼看见人饿火挠心了，一路尾随着他们等待时机，眼看着狼越跟越近了，三老老舅的枪却塌火了，三枪过去都没有打死一只狼，他们两个差点就被狼吃了。

又一次也是从玉家湾回来，不知道是走漏了消息，还是无意间碰到的，他们与对方交上了火。枪子像雨一样在头顶上飞，两人趴在一个土圪塄后面不敢动，三老老舅看都不看偶尔放一枪。老爷急了，朝他喊：再不好好打就被人家打死了。三老老舅也喊道："都是爹娘养的肉长的，我的枪太准了，瞄着射出去人家就要送命了。"据说三老老舅的枪法百发百中，能够百步穿杨，所以才做了老爷的贴身警卫，有他在身边，老爷一般不用掏枪。

后来革命胜利了，曾经和老爷一起战斗过的人都去了北京，成了开国功臣，老爷却选择留在了家乡。20世纪50年代左右，老爷在子长县公安局做了几年局长，然后就回家务农了。据说那时候薪水很低，老爷一年下来的薪水就是两袋子红薯。单位里也常常是没有粮食，他们就自己在水沟坪这一带垦地种菜。20世纪60年代人民公社时期，老爷在崀底村开采煤矿，并任矿长。那时，他常常给我二外爷讲他闹革命的事。

在此期间，他的战友和下属曾几次骑着高头大马来接他去北京。不料老爷对他们不是闭门不见，就是对人家破口大骂。来者很是无奈，于是商量着想把爷爷接到北京。但是真正要离开的时候，作为独子的爷爷觉得父母健在不远行，最终选择留在这个土生土长的地方。在老爷的影响下，爷爷十三岁的时候就已入党了。

老爷在爸爸十二三岁的时候就已经去世了，他的事我都是从爷爷和二外爷那里听来的。长大后我想把这些东西记下来，可是发现知情人少之又少。我曾辗转打听到玉家湾镇的路文昌、南沟岔镇薛家渠村的薛金水，还有郭家崖窑一位郭姓的老爷爷，他年轻时还常到老爷家来，说老奶做的饭真好吃，还有老爷的警卫员韩明冬、陈克功、我的三老老舅，以及玉家湾的贺晋年弟兄等，凡是能打听到的人均已不在人世。时隔这么多年，好多事情都已遗散在这广袤的高原上，也许这正是老爷的初衷吧！

在老奶的口中，我还听到了另一个关于老爷的故事，说实话，我更喜欢这个故事里的老爷，他比爷爷口中的老爷多了一点烟火气息，多了一点血缘中的可爱可敬的成分。

老爷是那种自带威严的人，老奶家那会儿住在大院里，一大家子的妯娌、媳妇们都住在一个院子里，每天叽叽呱呱、鸡飞狗叫，好不热闹。老爷一回家，进了硷畔先一声咳嗽，整个院里顿时安安静静。那时老爷已经不上班了，他在公安局的一位女同事喜欢他，给他写了信寄到家里。老奶是不识字的，但是她是非常聪慧的女人，感觉到有蹊跷的老奶拿着信让村里识字的先生给她看看，知道了内容以后，老奶就淡定地回家了。

半夜，老爷在外面转了一会儿回来了，趁着月色开门的时候，他看见门上贴了个什么东西，整整齐齐的一溜子。心虚的老爷赶忙回去端了油灯瞅，发现正是那个女人写给他的信，而且给贴倒了。老爷一边嘀咕着这是谁干的，一边拿着刀子往下刮那封信。不料老奶整整弄了一大勺子面糨糊，给粘了个结结实实，一时刮不下来。夜色中，老爷站在门外"噌噌"地刮了个满头大汗，老奶则在炕上装作无辜的样子问："怎么了，是不是把重要的东西弄坏了？"紧接着她又平静地说，门缝漏风了，找不到纸，看着那儿有那么个东西，她也不识字，以为没用就粘上了！据说从那以后，那个女人再也没有给老爷写过信。

讲到这件事时，老奶笑着说男人家真笨，拿点水把纸弄湿不就很容易下来了吗？硬是拿着刀子刮了半个晚上！

讲到老奶，除了聪慧，她不辞劳苦地救人在我童年的记忆里也留下了很深的印象。我和老奶一直生活到她去世，直到今天，我也没有明白她在哪里学的这门手艺，尤其女人家在那个年代是大门不出二门不迈的，也不知是谁教给她这些。我常常把那称为我们家失传了的"祖传秘方"。

老奶精通人体穴位，尤其擅长利用麝香灸治刚出生的婴儿。麝香是大姑从西安买的上好麝香，加进去爷爷在三月三采来的艾绒，就是她治病救人的法宝。治病的时候，根据病情在不同穴位上点上麝香灸烤，但是放麝香的地方会留下灸疤。在那个医疗条件不是很发达的年代，女人们生孩子真的是九死一生，而生下来的孩子能不能存活也完全是靠老天照料。老奶的手艺便在十里八村就显得更为出名了。我把它称为"手艺"，是因为我不明白老奶到底算不算是救死扶伤的医生，按照现代的标准，她既没有什么行医资格证，也没得到过什么学位的认证。她只是在坚持自己的一种救死扶伤的信念。

那时老奶年龄很大了，加上小脚行动不便，爷爷一般是不想让她出去给人家看病的。有一次是在冬天，半夜三更，我们的门被人敲开。来人很急，赶着驴车，车上铺了厚厚的新被褥，想要接老奶去给孩子看病。爷爷不同意，担心她的身体受不了，加之天寒地冻的大晚上，路也不是很好走。来人跪在地上泣不成声，就差菩萨祖宗地喊了。那天晚上老奶最终还是去了，她回来的时候，太阳已经照到窗户上，大半天过去了。她显得很疲惫，但是脸上明显有笑意，我知道那个孩子得救了。没过多久，那人又来了，给老奶带来挂面和饼干，原来孩子满月了，他特地来感谢救命恩人。在那时候，饼干是稀罕的东西，一般人吃不起，送给别人也算是贵重的吃食了。

也不是所有的孩子都那么幸运能被救回来，我也曾看见过她无奈的叹息。她也会时常说一些出去治病的事，只是当时我太小，记忆有限。由于老奶的这门手艺，我家几代人都像是有了家族烙印一样，人人脸上、身上都有灸疤。记得弟弟小的时候剃了光头，同学们都笑话他像庙里的小和尚，而

苏家河的河

我更甚，别人脸上的灸疤都不是很明显，只有我嘴角边有大大深深的两个，我常以老奶爱我最深来自我安慰。碰见不懂的人常常以为是酒窝，我就会告诉他们是人造酒窝。可惜的是，就这么个手艺当初要传给奶奶的时候，她胆小，怕听见小孩子哭，不敢学。后来老奶又想着传给我妈，我妈那时年轻，嫌刚出生的小孩脏，也不学。就这样我们的"祖传秘方"失传了，只剩下我们一家人浑身上下顶着的灸疤证明它曾经存在过。到了下一代人身上，连这么个印记也要消失了。

写下这些的时候，外面华灯初上，城市在此刻异常安静，一如我的心。老爷早就离我们而去，老奶离开我们也有快三十年了。我想起十二岁的那个冬天，白雪茫茫，我人生的第一次生死别离。一切恍若昨天，一切又如梦中，那么虚幻与不真实。如果说他们曾经给我留下了什么，我想大概就是我血液里的那份纯真与善良吧！老爷半生戎马却甘愿归田，老奶一生救人度己安然到老。他们平凡朴素，实实在在过完自己的一辈子，一如苏家河一代又一代的人们。

# 雪落童年

冬天，那些远道而来的风，像父亲粗糙的大手，抚摸过村庄的脸庞，扎人而又温暖，又如信天游一样，燃烧着厚实的黄土地。炊烟苍白了许多，门前的河冰一层又一层泛着白花花的光亮，一层就是河冰的一个年轮，过不完明春的。一扇又一扇的木门斑驳成了月光的足迹，属于老奶的那一扇久未开启。

门里头光线昏暗，风匣"吧嗒——吧嗒——"沉重地喘息着。阳光照不到黝黑的灶台，灶火圪坮里的柴草混合着凝重的尘土气息，像是浸染了时间的霉腐味，久不散去。描有四时花卉的红漆木柜，在幽暗里散发着木头陈旧的阳光味道，那些气息一叠又一叠，细密绵长，伴随着老奶窸窸窣窣的脚步挪动声，在窑里轻轻飘荡。

"咣当"一声，门被撞开了，阳光趁机闯开一道伶俐的缝隙，寒风凛冽，灰尘在其中欢舞，来不及躲藏的幽暗在窑洞里肆意张扬，同时欢呼的还有窑掌里的阵阵陈旧味道。

老奶转过身来，看我披着一身阳光，倚在石炕栏边，她浑浊的眼睛顿时为黑暗的窑洞洒下一片温暖的柔光。

"炒鸡蛋？"老奶知道我在玩得起兴时跑回来，肯定是饿极了。

"等不上！"我边说着边穿着鞋子就跳上炕，踩着炕席走到下炕崖跟前，踮起脚尖，在墙崖崖上挂着的一个小筐筐里取几片散发着焦香的干馍片，又轻手轻脚跳下炕。老奶一脸佯怒，拿着笤帚边扫我刚刚踩过的地方，边问着："狼来了，这么急？"

我不言传（说话，应声），靠着炕栏使劲嚼着馍片，顺耳听着门外是否有人呼叫。趁这空隙，老奶已就着麦秸在小灶上点起火来，一缕青烟慢慢悠悠腾起，在秸秸盖子的扑扇下不情不愿地归入灶里，只留下一息轻飘飘的柴草烟味在我的鼻孔里乱窜。火光撕裂了灶头的幽暗，油光瓦亮的铜勺上，那一点冰冷被火苗贪婪地吸吮着，青油在锅中嗞嗞作响。火光映着老奶慈祥的面孔，青油迫不及待地呼叫着刚刚从鸡蛋钵钵里掏出来的鸡蛋，老奶把鸡蛋在青石板的锅台上轻轻一磕，"嗞啦"一声，鸡蛋和青油来一场美味的碰撞。鸡蛋的香味瞬间挤走了窑洞里所有的陈旧气息，在热油的鼓舞下，迸发出童年时那股熟悉的味道。我不再往嘴里塞馍片了，也顾不得院里伙伴们的呐喊了，把鼻子凑到灶火跟前，看着火光在铜勺上纠缠，黄灿灿的鸡蛋在铜勺里冒出一股油油的香味来，老奶最后加一撮盐，让她的拿手好菜得到灵魂的升华。

如果说人间有什么难忘的美味，那一定就是铜勺炒鸡蛋的味道。一把柴火，几滴青油，两个新鲜的鸡蛋，一撮青盐，一份不变的隔代之情。所有的这一切足以让我对人生产生各种美好的憧憬。

曾经我以为这就是永远，是我的童年，也是我的人生。只是人生何其漫漫，八岁我便离开了老奶去求学，年复一年，日复一日的功课学业，人群拥挤，我在没有老奶的城市中变得郁郁寡欢。在这个不属于我的地方，我丢失的何止是童年的快乐，还有最爱我的老奶。

那一年，我坐上村里唯一的手扶拖拉机哭泣着离开，我的老奶被抛在身后，我的村庄被抛在身后，我的童年也被抛在身后。老奶病了，是医药无法治愈的病。所谓医者不能自医，直到父亲把她接来和我们住一起，再见到她心疼的曾孙女时，她的病才好了，脸上才有了笑意。那时我从未意识到我们的相处机会会越来越少，也不曾想过她会悄然离去。

不知不觉中，老奶离开我已经二十几个年头了。二十多年是何其短暂，而又何其漫长。那一勺炒鸡蛋还在我的梦里时时飘香，老奶的坟头却早已草木成荫。

那个冬天，就在我期末考试的前一天，老奶永远地离开了，她没能等到我考完回家看她就走了，她是喊着我和爸爸的名字走的。那个下午，得知噩耗的我静静地在院子里坐着，直到暮色苍茫，我背了一身苍凉回窑。

茫茫白雪开始飘落，我的天空灰暗无光。走上那条漫长的坡道，踏过那道长长的硷畔，哭声四起，我不敢也不能想。没有老奶的院子还是我的家吗？没有老奶的童年还完整吗？泪水无声无息流着，墙头那一挂白纸在纷纷白雪中是那么刺眼，在我不能理解的世界里，老奶沉默而冰冷，脸色灰白地躺在她的棺木里，任由我一声声撕心裂肺地哭喊。人群熙攘，热热闹闹，他们居然在唱戏，这是我所不能容忍的，我以为我最亲爱的老奶去世了，全世界都和我一样伤心。我不允许有人高兴，甚至觉得唢呐吹出欢快的调子都是罪过，是对我和老奶感情的亵渎。我大闹了一番，哭着、喊着，跳着、叫着，不顾任何人的劝阻，仿佛他们都是老奶离去的罪魁祸首，我为老奶的离去迁怒于众人，为这个眩晕的、我不理解的世界，为我心里生生的痛。世界冰冷，声声唢呐伴着我苍凉的哭喊，久久不停。

世界突然安静了，我一个人躺在白雪覆盖的冰河之上，细细的呼吸融化了嘴边的雪花，无声无息的泪水浸透了寒冰，我身后是苍茫茫的雪山和黑压压的世界，好沉重，比梦都要沉重的世界，让我喘不过来气。

纯白的雪花、纯白的幡子、纯白的孝布和孝衫一层又一层，层层叠叠压过来，模糊了我的双眼，覆盖了我无忧无虑的童年。从此，我的心里时常感到空荡荡的，无所凭依，我的世界生生地被切掉了一块。那个人，任凭我怎么呼喊也不会再有回应了，从此，那些属于老奶的部分被我小心掩藏，安静遗忘。

时光无脚无踪，静静地让灰尘歇在墙上的黑白照片上，同时也落在我那些属于老奶的记忆里。雪花，干干净净，一年又一年，来了又走；阳光，静谧温暖，一茬又一茬，不见老，一如从前。只是老奶再也没有回来。

# 长风过夏

视频里，二妗子向我们说着外公的近况，不知是她描述得太过真切，还是我心里从来没有真正准备好面对那一天，我的心像是突然被揪了一把，有些痛，鼻子发酸，眼泪在眼圈里打转。即便知道必定会有这么一天，我们要面对他的离去，可我永远都无法做好准备。

想来外公、外婆都已近九十岁了，用妗子的话说：二老就像树上的果子，熟绵了，随时都会掉下来。道理我都明白……视频里的外公坐在床上，既不能下地走路，也不能好好躺着，就那样长久而沉默地坐着，勾着头，伏着身子，不言不语。有人凑近了喊他几声，他才缓慢抬起头，深深的眼窝里，两只眼睛看不出悲喜，慢慢望向人。眼瞅着这些他看着长大的孩子们，认识的或遗忘的，望了几眼，也不说话，又埋下头陷入深渊一般的沉默。

外公不能下地已有一个多月了。一个多月前，他接到二

110

外公病危的消息，一家人带着外公去看望他唯一的亲弟弟。暮年相见的哥俩自是倍感唏嘘，老泪纵横。几十年光景，两人常常因分隔于两地而不能相互扶持，聚少离多更是让他们之间少了那份亲人间的亲密无间，只有在生命垂危之际，这份亲情才越过时光和山水，显得弥足珍贵。只是才见面，就要匆匆地永别。外公从二外公那儿回来没多久，二外公就过世了，后来外公便不能下地。外公是否知道这个消息，是否在恍惚中得见与他总共才相处了十来年的这个亲弟弟，是否会回忆起那些短暂的父母俱在的无忧童年，我们不得而知。人生最大的无奈就是眼睁睁看着至亲之人一步步离你而去，却束手无策。

外公十几岁刚刚立家时，外曾祖父就不幸离世，迫于生存的无奈，外曾祖母带着尚在幼年的二外公改嫁他乡，只留下外公守着先人的土地和坟茔，年复一年。虽只是相隔几十里地的距离，但是这份亲情像是有了万水千山的阻隔，总是有许多的无奈与不得已。

人们都说，男人的真正长大是从父亲离开的那一刻开始的，外公可能对此体会更深吧。外公年轻时爱红火，闹秧歌、唱道情，陕北民歌自是不在话下。不过自从外曾祖父离世，自己的孩子又一个接一个地出生，加之外婆的身体也不是很好，在那个原本艰难的年代，生活就像烂筛子一样到处漏风，不管怎么努力，一大家子总是吃不饱也穿不暖，但是日子再苦再难也一点一点熬着。直到舅舅们长大了，顶事了，才算熬过了最苦的日子。苦是这片苦焦大地上的底色，一年又一年，外公和这里大多数的男人一样，沉默、隐忍，日复一日地在黄土地里讨生活，他们已习惯了这样。生于斯，归于斯，而已。

有一年八月十五，我们都回去给外婆过寿，一家人热热闹闹的。外公却总是一个人坐在边窑里，不说话，也不大理我们。拍全家福时，给他和外婆拍合照，虽然看得出来他累得坐不住，但是也很配合我们。这一次，外公没有像以往一样抱怨我们只记得外婆的生日，从不记得他的生日，他好像默默接受了这些。只因外婆的生日在中秋，恰逢假期，我们都有闲暇，因此给她过生日多一些，外公以前便经常念叨。那时我突然感觉这个倔强的老头变了，变得柔软了一些，也离我们远了一些。

视频里，二妗子还在不断祷告，希望外公能挺过年前的这两个月。听着她的念叨，我突然想起这个月底就是外公的生日，真想马上就给他过一个生日，马上跑去看望他，奈何疫情的阻隔远胜万水千山。

2020年，也是疫情期间，我回老家小住，那时外公身子还健朗。正是春日晌午，我们坐在硷畔上，遥望着远处苏家河山上的点点青绿。时值清明节，远远近近地传来阵阵鞭炮声，我们天南海北说了很多，外公不断提起他年轻时的点点滴滴，仿佛一下子他的时光之门向我敞开了。我看到的是那个幼小的孩童，身边有父母陪伴的灯火可亲；是翻山越岭去看望外曾祖母，摸黑回家的孤单落寞；是雨地里和外婆怄气，一个人出走时的孤独；是一时心软心疼无儿无女的堂姐，将五舅舅过继于她而产生的一辈子的愧疚；是人生里的琐碎，是生命缝隙里无止境流淌的苦和难……这些最终都化为他脸上的一抹淡然，一切已成为过去。

爷爷在时，每到过年这一天，外公必会去找他剃头。哥俩一见面各种寒暄，平时不抽烟的外公也会拿着爷爷的旱烟锅抽上几口，拉拉家常，说说往事。大半天过去了，两个人才着手剃头。现在想来，村里也不是没有剃头的，外公只是想在这特别的一天里找个和哥们儿相聚的由头而已。

一直以来，我们好像都习惯了这个倔强的老头吵吵闹闹的，甚至有时他会任性地犯糊涂，让儿女们不满意，但是谁也没有真正地尝试着走进他的内心。这也是这个家里所有人的样子：说话火暴，脾气倔强，却又心地善良，与家人相亲相爱。他们都不喜欢老头的性格，却又完美地继承了他的基因。

现在他那么弱小无助地坐在床上，不吵也不闹，甚至连饭都不想吃，我们却又希望他能和从前一样吵吵几句，哪怕骂人也好。此刻，我们都明白，属于他的那辆车正风一样驶离我们，驶向他的冬天。黄土高原上寒风正猎猎，这里从来不缺少风，也不缺少平凡之人，不管有多少往事、多少人，都会随它而去。外公和生活在这片土地上的先人们一样，他们披星戴月，迎寒送暑，熬枯了月色，也时常披着一身星辉，但是他们顾不上停下来看一看沿途的风景。生活于他们，没有远方和诗意，只有鸡鸣狗叫聒噪着青山千嶂。他们用黄土浸润着肌肤，也把这坚忍的底色深深烙进自己的骨子里，犁春耕秋。

　　写下这些文字十来天后，疫情管控开放，外公因感染肺炎，最终没能等到我们给他过最后一个生日便走了。那时离他的生日也不过就三四日，我们还在商量着如何给他过生日。外公去世前一天，他说浑身疼，不大舒服，吃饭比往日差了些。第二天早上，也没有什么特别，临近中午，大舅舅要出去，不放心他，出门前去看看他，却发现他已悄悄离去。终究是倔强了一辈子的人，临走他也不愿意麻烦身边人，还是那么决绝。可能那么多年里父母不在跟前，身边又没有兄弟姐妹扶持，他习惯了一个人扶持这个大家庭，他也早已成了自己的靠山。尽管后来他有了九个儿女，但是在他心里，唯有自己和自己的那个窝才是最安稳踏实的吧。他的内心早已变得坚硬而又隐忍，即便有事情也不轻易吐露出来。现在想来，他一个人一辈子默默地进进出出是多么落寞，也难怪他和爷爷虽是结拜兄弟，但却那么亲近，来往那么频繁。

微信群里铺天盖地的消息传来时，我正在高烧的昏迷之中。谁也没有料到疫情开放后，他会是最早感染的那一个，一切都是那么突然，那么猝不及防，我童年的又一盏灯就此也熄灭了。

　　外公下葬的那天，妈妈指着坟地里靠掌的一座坟对我说，你老外婆就葬在那里，你外公在她脚边上。听到这里，我心里多了一些安慰，外公终究是能依偎着他的父母了，在这片阳堂堂的地里，总能有属于他的一丝温暖。老外婆改嫁后生了一儿一女，但是按老家人的讲究，她是要和老外公葬在一起的。因此，她人生的最后几年是外婆接回来伺候的，最终她殁在这里，也葬在这里。也因此，外公和二外公也便和他们隔山的弟弟妹妹翻了脸，断了关系。连外公下葬，他们也没回来看看他们的母亲，哪怕烧张纸也好。这些是我妈妈的念叨。妈妈记着外公生前一直念叨着，想让二外公也葬回来，他总惦念着这个一母同胞的弟弟，担心他一个人葬在外地孤孤单单的，毕竟父母和哥哥都在遥远的家乡。这就是自己受过苦，便见不得他人有难了。可是他忘记了，二外公幼时便随老外婆离开祖先的土地，除了这个他至亲的哥哥，他的梦里怕是都不会出现王家圪台的名字吧，也许对于二外公来说，那个让我们感觉陌生的地方才是家乡呢。除了依然继承着祖先的姓氏，他已经远远离开祖先的土地了。

　　时光风干了脸上的泪水，只是在某个瞬间，妈妈看见某个东西，或者想起某件事说起外公时，起先和过去一样平平静静，但突然又一下子怔住了，好像想起自己是没有爹的孩子了，她的泪水便哗哗落下来。她总觉得对外公有亏欠，心中时常内疚，外公走得太突然，她心里完全没有准备，甚至于来不及看一眼。尽管之前她一直在跟前，走动多，伺候也多，但是正因为相处太多，她成了最不舍的那一个，也是哭得最伤心的那一个。

# 外婆的江湖

　　冷气在山野浸漫，团团雾气蒸腾起雨云来，更助长了秋雨的肆虐。淋淋漓漓的雨珠儿敲打着树木草叶，叩击着脑畔瓦檐，撞击着湿滋滋的大地。地面上的雨水泞泞而往，汩汩而动，挟带着一股秋劲，汇聚成河。河水漫溢的地方，是陕北人一夏的期盼。

　　雨气裹挟着寒气，汹汹而来，顺着裤管，钻进每个毛孔和每寸肌肤，血液在暗暗叫苦。一个哆嗦，原来不知不觉之中，秋已深深。

　　在季节深深的暗影里，一方炉火，一隅暖炕，一炕子的飞声快语，是关于外婆家最温暖的记忆。围坐在灯下的妗子们，一边忙碌着女红，一边家长里短地聊着，方寸之间，一切都是那么熨帖和自然。

　　对于我们这样一群离开本乡田地，头上只有片瓦，脚下却无寸土的人来说，这样的绵绵秋雨除了影响出行之外，并没有给我们带来什么焦虑，外婆手中的"扫天媳妇"自然也就与我们无关了。

但此刻，在昏黄的灯光下，外婆手中的一把剪刀翻飞着亮红的晴光，几折红纸，一腔慧心，扫天媳妇便在这久雨不晴的日子里，在外婆的手中诞生了。只见外婆把扫天媳妇高高挂起，然后拿着扫帚在窗户上边扫边念叨她的"咒语"："一扫天，二扫地，三扫扫得云彩四空里，太阳扫到白天上……"我们只是看着外婆发笑，对外婆这种神秘的仪式早已见怪不怪。

外婆一直身体不好，十来岁时她就被许给外公，由于家中贫苦，无力抚养众多孩子，她小时候大多是生活在外公家的，自然不如在自家那么顺气。十三岁那年，胡宗南来犯，村里人都拖家带口逃到山里的天窖藏反避患。当时只有三岁的三老姨（外婆的妹妹）走不动，跑不了，家累太多，老外婆（指外婆的母亲）便不打算管她，任其自生自灭。外婆听不得妹妹撕心裂肺的哭喊，不顾众人阻拦，用她瘦小的身躯背起三老姨，默不作声地往山里跑。十六岁时，外婆和外公结婚了，紧接着老外公（指外公的父亲）去世，老外婆（指外公的母亲）改嫁，失去父母扶持的外公没有变得更加坚强，反而面对家中一个又一个小生命的降临有些不知所措。连年的生养，让外婆原本不好的身体变得更加糟糕，曾有医生断言她只有四十几年的寿命。加之生计艰难，生活一

苏家河的河

点点掏空他们原本就无多的感情，也把外婆一点点逼向了另一个旁人无法触及的世界。在现实的世界里，她善良隐忍，谨小慎微，整天病恹恹地躺在炕上。但在另一个我们触摸不到的世界里，她成了一个力大无比、潇洒恣意、任意妄为的自己。

她听不得唢呐声响，也见不得谁家因丧事号哭；她不能因大喜而狂笑，也不能因极悲而伤痛，更不能受到丁点儿惊吓，只要有其中的一个缘由，另一个我们不常见的外婆就要赶走现实中的她，与我们见面了。

她委屈地诉说着各种的不满意和不痛快，挨个数落跟前的每一个人；她唱着笑着，随意骂人打人，我们都不敢吭气，只有觍着脸赔笑、劝慰、祷告；她甚至唱起了小曲、说起段子，舌头都不打结，这时我们发现她不仅仅是爱看戏了；她有时还会遍山跑，几个老后生都追不上，每到这时，平日走路无声无息的她平添了几分"神力"，走起路来震得崖娃娃（指回声）响，几个舅舅都拦不住。

我们都以为她病了，可她在自己的世界待上大半日后饱饱地睡一觉，再慢慢转醒，就又成了我们熟悉的那个她了。不论你问她什么，她都是摇摇头，说不知道。我们从未想过，也许她只是为自己无处宣泄的情感找一个缝隙而已，那些漏在缝隙里的"光"恰好拯救了她，让她在现实中得以安然。

慢慢地，我似乎发现了外婆的秘密，她有很多我不懂的"咒语"，用来应对各种意外和灾难，只是不能帮到另一个自己。

如果遇到雷暴天气，外婆就不会使用这么温和的扫天方式了。震天的雷砸在脑畔上，狂风扫着沟渠，呐喊着、呼啸着，撼动着那孔破旧的土窑，像要把它撕碎了一般。和土窑一起瑟瑟发抖的还有我的外婆。她一边哆嗦着，一边借着扫天媳妇的"神力"，点香烧表，向天地磕头，然后一手执铜马勺，一手拿筷子，站在门口对着暴雨，用以暴制暴的方式狠敲铜马勺，并大喊"过个了——过个了——"和一些我听不懂的"密咒"，雨豆儿砸着大地的声音和筷子敲着铜马勺的声音一样响亮，外婆的叫喊声和雷声一样短促、焦急，大概谁坚持到最后一刻，谁就胜利了，而雷暴终究会过去。

不管是站在窗前扫晴（指挂扫天媳妇），还是立在门口敲着铜马勺祈祷不要降歪雨（指伴有雷暴冰雹大风等灾害的雨），外婆都如同一个家中的"扫天媳妇"。她恪守着祖先的信仰，传承着质朴的信念，敬天守地，谨慎持家；她膜拜天地，用自己的方式与宇宙万物发生微妙联系；她更相信自己，用一种无畏的精神去面对这个世界，像补天的女娲，也像填海的女娃，明知不可为而为之，用她单薄瘦小的身躯扶持着一个偌大的家庭，像这片大地上一代又一代的母亲一样。

苏家河的河

农历正月十六，家乡有"打烟火，跳火堆，燎百病"的习俗，这是犬戎族尚火的遗俗。先民尚火的习俗，在各地都有遗留，只是表现方式不同而已。人们认为火最洁净，可以消灾祛病，因此这一天在外婆家尤其热闹隆重。

正月十六这一天，吃过早饭，舅舅们就上山砍柴，准备晚上打火堆用。打火堆所用的柴火不同于往日烧火做饭用的柴火，一般是带刺的柠条或者酸枣圪针，这些柴火通身是刺，砍起来费劲，但是燃烧起来火力很旺，火光冲天，并且带有爆竹一样噼噼啪啪的声响。

晚饭过后，等天完全暗了下来，外婆便在窑里和院前的各个神位前点香祷告，然后指挥舅舅们在院子里选一处宽敞的地方打火堆。她自己则带领女人们把家里所有人的铺盖、衣物翻箱倒柜地找出来，放在炕头备用。柠条和酸枣圪针都有油性，火堆一点起来，很快就会烧得很旺，这时，外婆就会鼓励我们跳火堆。外婆家的火堆总是特别大，我们小一点的孩子根本跨不过去，这时外婆就会让舅舅们抱着我们跳，或者就在火堆边上燎一燎，外婆一边燎，口中一边念念有词地说着"跳火堆，燎百病，燎了前心燎后背，燎得一辈子不害病"和"燎百病，百病燎，百病燎散鬼离身"等话语。等我们玩得差不多尽兴了，外婆又会召集大家，把刚才准备好的铺盖、衣物搬出来，在火上也燎一燎，也是边燎边口中念念有词。

跳火堆就要火旺了跳才有意思，才刺激，有时急性子的舅舅们趁着火势正旺，等不及火势减弱就跳了起来，还有我们这些不甘落后的娃娃们也开始各显身手，跟在大人后面跳。现场有意思的莫过于有人把鞋子掉进了火堆，或者有人的衣服被迸出来的火星烧了，或者没提前商量好的两个人在火堆前碰架了，还有一不小心燎了眉毛、头发的，顶着一头焦味仍然乐此不疲、哈哈大笑。也有胆小的孩子只能眼巴巴地看着大家跳，这时大人们会抱着他们燎一燎，或者直接抱着跳过火堆，让他们感受一下那份惊险和刺激。也有稍微大点的孩子，不敢跳也不好意思让大人抱着燎，就站火堆前抬腿在火上晃一晃。还有一些捣蛋鬼趁着别人跳火堆扔鞭炮进去，鞭炮一炸，火光四射，火星乱飞，娃娃们全然不顾大人的责骂，玩得不亦乐乎。这时，外婆就站在火堆边上笑眯眯地看着我们闹，跟着我们笑，仿佛我们的快乐就是她全部的快乐。

火终究会慢慢熄灭，这时外婆赶紧拿来洋芋、红薯，让我们埋进火灰里，又拿筷子夹着油馍馍、黄馍馍等，让我们在火灰上烤，慢慢等那焦香的味道被烤出来。有时我们嘴馋了，要吃烧面疙角，外婆就不辞辛苦给我们现捏几个。外婆说吃了这些一年里不生病，我们便顾不得一手一脸的焦黑了。这些小小的快乐和外婆的那些念念之词一直萦绕着我整个的童年。

这是过去在外婆家过正月十六的情形，如今到了城里，年轻人很少有人为了跳火堆而不辞辛劳上山砍柴。城市里地方狭小，空间拥挤，院子上空各种电线相互交错，想找个合适的地方打火堆都难，全然没有在外婆家的那股热烈热闹劲儿。社会发展进步了，祖宗的习俗却慢慢被遗忘了，外婆在火堆旁的那些念念之词也几乎被我们淡忘了。前年去邻县采风，在一家饭馆吃到了烧面圪角，这让我惊喜万分，童年的记忆随着烧面圪角那柴火烟熏味里散发出来的麦香味，一下子在我的脑海里如潮水般荡漾开来。

　　除了正月十六，老家人在正月二十三这天也有打火的习俗，不过外婆说这天的火是送给鬼的火，人不能跳，更不能烧东西吃。外婆常常念叨着：人在阳世暖暖堂堂的，也要惦念着那些在阴间的亲人是不是有吃有暖。我想这是人的一点由己及人的共情之心吧，憧憬着将来，也怀念着过去，这才是我们温情脉脉地生活下去的源泉。不论生活怎样困苦，人们都会有自己的一套应对办法，在这片苦焦的大地上一代又一代地繁衍生存下去。面对自然灾害如此，面对生老病死亦然。

　　农村人有个头疼脑热的一般不会去医院买药打针，他们有自己的法宝，外婆也一样。家里人如果稍微有些不舒服，她就会急急忙忙陌送（陕北地区的一种传统习俗，人们认为通过陌送可以祛病消灾）一下。通常是天黑以后，她准备好一碗清水、一根筷子、一个酒壶，米、面各一把，在灶马爷（即灶神）像前点一炷香，然后拿着龙眼纸一边在病者身上缭绕摩擦，一边祷念："沾干净，沾利身，妖魔鬼怪都沾尽。是神送你到庙堂，是鬼送你入墓中。强神恶鬼都送出门，送到十字路口等旁人。"念完把龙眼纸点燃，放在水碗中倒扣的酒壶上，并在水碗中撒上米、面，边撒边念道："吃饱喝足，快走！快走！"然后让病者的中指头在水碗中蘸一下，家人们帮忙朝着门口连吹三口，大声喊道："出去！出去！"再将水碗端出门，送到十字路口倒掉。

《红楼梦》里有巧姐生病，经刘姥姥提醒，王熙凤让彩明翻了祟书本子，才知道原来是冲撞了花神，最终用五色纸送花神的情节。可见过去在民间，人们普遍认为小孩眼睛过于干净，且魂魄不全，易招惹不干净的东西，老百姓自有他们的应对办法。比如只要天一黑，外婆通常就会提醒我们不要把小孩子的衣服晾外面，易招邪祟；如果抱着小孩走亲戚或串门，回来时，她就要边走边低声地呼喊娃娃的名字："某某娃娃回回，某某娃娃回回！"担心魂魄不全的小孩把魂丢在别人家或路上，呼喊着让娃娃乖乖跟着家人回家。每逢冬至、春节，外婆都会在磨盘上冻一个"年头碗"，第二日一早，根据碗里冰块的形状和大小判断来年的收成。到了除夕，天刚擦黑，她会在窑里的灶马爷像前，院里的天、土地神位前及各个关键地方点上香。我们都睡下以后，她还会在门肩胛上放一块冰、一块炭，在门圪崂里立一根擀面杖。每当做这些时，她总是一个人嘴里念念有词，我问她说的是什么，她又笑笑不回答。如果是和她相跟着走在路上，外婆不是在补路垫路，就是在清理路上的石块、树枝等障碍物。遇到雪天，她必定会打发舅舅们去路上扫雪送路（陕北习俗，冬天下雪之后，各家把路上的雪扫开，谓之送路），送得越远越好，她坚信这就是行善积德，并一辈子坚持着。

如今外婆已近九十岁了，且身体康健，她用自己的力量破了医生的断言，也带给我们乐观生活的希望。

习惯了冷雨"扫天"，久旱"放牲"，用冰用火去丰富生活，曾经在陕北大地上，这样的仪式与人们的生活深深地融为一体。人们总有办法找到各种神灵去膜拜，去依靠，而神灵与人之间的媒介却是人们自己创造的，比如"扫天媳妇"。因此，像外婆一样的人们更懂得通过不懈地努力，去创造自己命运的神灵，顺势而为。

雨还没有停，此刻不是凄凄惨惨戚戚的黄昏，更没有别院深锁的清愁，时钟嘀嗒，匆匆碌碌，久居城市的我注定有一天要从祖先的生活中剥离出去，不再拥有他们的记忆，只是这一过程来得快了一些，疼痛也多了一些。每当我面对拥挤的城市和内心空荡荡的自己时，总是茫茫然不知所从，祖先的那份无畏精神早已不在，而我也终于无家可归！

雨夜漫漫，不知何时我才能学会外婆那些生活的"咒语"，更不知在何时我才能在生活的念念不忘里从容面对风雨。

苏家河的河

# 惊　雷

一个夏日午后，我正在曾祖母的炕上睡觉，忽然雷声大作，惊天动地。我从睡梦中惊醒，响雷掣动狂风，霎时窗户外一片昏暗，狂躁的风扯得窗户纸哗啦啦地响，风卷着灼热的尘土向窑里灌进来，窑里一股土腥味。门外传来树枝折断的咔嚓声，雷声一声比一声紧。爷爷正和花寺湾来的亲戚喝烧酒拉闲话，说到这样的雷声，爷爷摸着胡子慢慢说："这么大的雷，敢不是惊动了哪里的精气了？"彼时懵懵懂懂的我对爷爷的话记忆深刻。爷爷慢慢抿一口酒又接着说道："那一年也是这样咔嚓咔嚓地捣老雷，猛雷猛雨过后，山水紧接着就下来了，山水过后，河水推下来一只琵琶那么大的蝎子。"爷爷的话戛然而止，只留下雷声在外面干吼，而雨最终还是没有落下来。

那时，我不知琵琶为何物，也想不来它到底有多大，但是那样的雷在我生命里却经历过几次，次次都让我震彻心扉，摧肝裂胆。

一次是2002年的夏天，那一夜，子长遭遇了百年不遇的大洪水。半夜里，天空像发疯的狮子、怒吼的巨龙。夜空被闪电一次次撕裂，雷声像是索命的利剑，在窗户上震颤着要出鞘，窗户纸被狂风吹得四散纷飞、片甲不留。窑里所有的电路都噼里啪啦地着起火来。瑟瑟发抖的我们，不论躲在哪个角落都感觉窑洞分分秒秒就会塌下来，不管是站着还是坐着，在炕上还是地上，到处都是湿漉漉、冰凉凉的泥浆。在那个漫长的夜晚，妈妈窑里窑外一遍遍地跑出跑进，不仅要招呼我们，还要招呼笨笨和它一窝刚出生的小狗娃们。妈妈的衣服一遍一遍地换，我的泪水一串一串地流，雷声、雨声似乎遮盖住了人间的一切，包括恐惧和无望。

第二天一大早天晴了，阳光冷冷地照耀着大地，那些依然挺立的树木散发出夺目的绿光，而经不住雨水冲刷的草木、庄稼已经完全倒在沟壑纵横的地里。我熟悉的子长县城也完全变了样，到处是塌墙、烂窟窿，窑洞不是斜了就是塌了，院里、路上到处是坑，不管走到哪里都是稀稀的、黏黏的泥浆，城市里弥漫着昨夜的恐怖气息和褐黄泥浆的腥味。没电没水，连去学校的大路也不见了，河水回落，河槽里干净得像是刚出生就洗过澡的娃娃。沿着河槽边走的稀稀落落的行人，皆如我一样小心翼翼、胆战心惊而又唏嘘不已。就这样，我还沿着河槽边走着去上学了。只是到了学校，空荡荡的校园里处处是山水冲出来的大坑，学校里没有半个人影，大概人人都在忙于自救。

还有一次是在二姑生病时，辛苦了大半辈子的二姑突然被诊断为脑瘤，这个晴天霹雳让一家人不知所措。二姑在医院里等着做手术，心急如焚又束手无策的家人想到了求助于天，这也是人在极度无奈下的一种精神安慰吧！不论是什么方式，我们只想祈愿二姑平平安安回到我们身边，仅此而已。

那时我正在老家，就被家人打发到离家十五里地的一座庙上去许愿、烧香。这座庙在方圆几十里最高的一座山上，俗称黑圪垯。据说过去山上松柏成林、郁郁苍苍，远望黑幽幽的一片，因有此称。据老人们讲，过去山顶有松木搭建的三层木楼，登上木楼可以远望黄河。

去的那天也是盛夏时节，晴空万里，太阳炙烤着大地，我的脑袋都被晒得蔫了，何况十五里路也着实不近。当我汗流浃背地来到山脚准备登山时，刚刚还蓝得发亮的天空飘来了几朵棉花糖一样的云朵，我也没有在意。

走到半山腰时，起风了，刚开始风还是热的，没吹几下就感觉凉飕飕的。紧接着乌云一团一团飞了过来，在我头顶上空聚集。眼看马上就能看见山顶的庙门了，我不甘心就这样返回去，于是我开始往山上跑去。哪知，这天比孙悟空的脸都变得快。瞬间电闪雷鸣，暴雨像筛豆子一样劈打在我的头上、脸上、身上。风压着脑袋，压得我喘不过气起来。雷就在脑袋上空一声声炸开了，它叫嚣着，怒吼着，仿佛要把我撕碎。整个天地都变得昏暗和颤抖起来，劲风扫过山脊，只听见雨唰唰的声音和耳边擂鼓一样的惊雷声。我已经吓坏了，眼泪和着雨水，一边哭一边低着头拽着草木，手脚并用往上爬。我不敢抬头也不敢停下，看见闪电的光亮就赶紧爬低一点，整个身子都几乎伏在地上往前爬。我不知道那时候哪里来的勇气，一边哭喊一边祷告，一边努力顶着风雨雷电，在没有路的荆棘荒草丛中爬到了山顶。

看见山门的那一刻我哭得更厉害了，眼泪就像此刻的山洪一样暴发了。站在山门前，我浑身湿透、战战兢兢，却又有无限的勇气。稍微整理一下心情，让自己平复一下，我便虔诚地完成家人交给的任务。在我有生之年的记忆里，那是最为虔诚的一次对神像的跪拜。尽管我并不知道庙里供的都是些什么神，我也不敢抬头看。

带着如释重负的心情走出山门时，寺庙外晴空万里，阳光明媚，天很低，仿佛伸手可及，草木葱茏，焕发出水洗过的新生一般的夺目光彩，山脚下的人间万物此刻在我眼里都散发出熠熠生辉的美。那一刻，我恍若再生，心情突然无比轻松，更有无限的喜悦和激动。我又一次落泪了，因为那暴风雨之后的晴空，因为雨后万物的新生，我仿佛看见此行的希望之光。那一刻，我甚至坚信二姑一定能够挺过难关。时隔九年之后，二姑最终还是离我们而去了，但她已经创造了医学奇迹，据医生说，一般像她这样的情况是挺不过四年的。按理我们都应知足了，可亲人的离去是我们永远无法接受的，就好像我们走了很多路，读了很多书，也明白了很多道理，但我们终究做不到一样。

如今二姑已离去多年了，有人说时间可以治愈一切，也许可以，只是在某一个瞬间，那些离去的人会突然叩响我们的心弦，让我们在某个明媚的时刻泪流满面。那是表弟结婚的日子，台上正在举行仪式，本该是让人高兴的日子，但望着璀璨灯光下的一对新人，我止不住自己的眼泪。此时此刻，如果二姑还在，那个笑声爽朗，说话又快又急的人应该是最高兴、最幸福的吧。当司仪提到新人父母时，我没有从弟弟脸上看到一丝笑意，那个至孝的孩子在母亲生命的最后时刻不惜辞掉工作，日夜守在床头喂汤送药整整一年。此时此刻，在这个人生中最重要的时刻，台上的弟弟，他没有母亲的见证，该是多么的落寞。只是生活还得继续，不论悲喜。

多年过去了，那座山、那座庙和那天的惊雷频频入我梦来，惊醒了我的一个个不眠之夜。在二姑离去的那些日子里，我一直想要再去一次那座大名叫大雷公的山，为了某种心愿，或者是某种难以达成的希冀。

# 又见炊烟

当寒风在山野准备呼啸而过时，爷爷那像拉风匣一样的呼吸终于停止了，伴随了他半辈子的病痛也停止了，他对奶奶的陪伴也紧跟着结束了。从此奶奶家的炊烟渐瘦，窑不热了，炕头没有那个闷不吭声挨骂的人了，院里再也没有那个一瘸一拐，咳嗽到闭气还要抽烟的身影了。爱哭的奶奶，从此有了名正言顺的理由淌眼泪了。

奶奶经常说爷爷在的时候身体不好，所以走了也不留恋这个世界，她从来梦不到爷爷，大概爷爷在那边没有病痛，生活得也好，所以想不起来活着的人了。我听着就笑了，奶奶的心思我明白。

爷爷在娶奶奶之前，还娶过一房媳妇，也就是我们的先奶奶。可惜先奶奶身体不好，没给爷爷留个一男半女就生病去世了。后来爷爷又娶了奶奶，先来者为大，因此，奶奶一直和素未谋面的先奶奶吃一些无用的醋，骂爷爷的各种不好，她心里尤其介意去世以后自己会和先奶奶葬在一起。所以我们每次去上坟都会故意说："你不喜欢我们的先奶奶，那我们就不给她烧纸了，反正我们也不认识她。"奶奶就会马上改口说："又不远，顺路就烧了，无儿无女怪可怜的，你们给烧上一点让吃个。"我们都知道像她那样嘴硬心软的人，也就是说说而已。

有一次，奶奶突然红着眼眶给我说："你爷爷可怜了，穷得吃不上喝不上，没有衣服穿，也不去你老奶家吃饭，你老奶到了下面也不管自己的儿。"说着自己就哭上了。原来奶奶终于梦见爷爷了，但是梦中的爷爷没吃没喝，一副可怜相，奶奶又心疼他了。我说这只是梦而已，又不是真的，可是奶奶坚持认为是爷爷托梦给她，无奈，我只好打发弟弟给爷爷去烧纸。烧完了之后，我故意问奶奶，我爷爷后来托梦了没有，奶奶没好气地骂道："那孙子有吃有喝的时候还记得我？！"大概这就是他们的爱情吧！

爷爷走后的头几年里，奶奶固执地守在家一个人过活。出门是山，仰头见天，一辈子生活的地方突然就变得不一样了。早起晚睡，那个曾经说说骂骂的人突然就绝情而去，这是她想过的但又不想面对的事实。奶奶不愿意离开老家，因为爷爷走的时候把自己治病的钱拿出来留给她当作生活费，爷爷还千叮咛万嘱咐，要她一个人好好守着家。可是爷爷忘记了，除了钱，他还给奶奶留下了深深的孤独和寂寞，没有了他，那个空荡荡、黑洞洞的大石窑还是家吗？爷爷更没有想过，是他给了从小失去父母的奶奶一个完整的家，从此暖窑热炕，生儿育女。哪怕是朝夕劳作，吞糠咽菜，奶奶的日子也总算有了定心。爷爷走了，这一切就没有了。最终奶奶还是千般不愿又万般无奈地离开老家，搬到城里和儿孙们住在一起了。

离开土地，居住在钢筋水泥的城市里，虽然儿孙们近在咫尺，可奶奶又陷入了另一种孤独。与土地剥离是一种钝感的痛，陌生的城市、陌生的语言和人，才是尖锐而又无法避免的疼痛，从此奶奶的眼泪更多了。

只要有机会她就要回老家去，她甚至忘记了爷爷刚走时，她一个人生活在老家的种种难处，坚决要回家。她突然就变得勇敢了，再也不怕老家那些已经过世的左邻右舍了。她甚至羡慕起那些已经入土的亲人和姐妹们，只要家乡有老人去世的消息，她就能哭上几天，一边为逝者伤心，一边羡慕他们终于有家可归。回家，在她心里成了日思夜想的热望，不论哪种方式都可以。

老家聚会时，奶奶的心愿达成了。和奶奶一样的大爷大妈们终于回到了他们夜思梦想的苏家河，山还是那些山，水还是那汪水，暮年归家的老人们泪眼纵横，执手相问，他乡的山水终究不养人，更不养人心！不论离家千里百里，他们必定要回来扶着墙头看一眼曾经的院落，才觉得日子能挨过去。人说"八十的老儿想娘家"，他们这些"老儿"还有家可想，这何其不是一种幸福！

奶奶已年过九十，除了血压高，以及换季时会有气喘的毛病之外，身体还算健朗，耳不聋眼不花，头脑也十分清明。一辈子操劳惯了，到老依旧闲不住，她经常给儿孙们纳鞋底、缝坐垫，打发时间。她的眼睛还好使，纳的鞋垫针脚细密，非常结实。她还会纳一种"卍"不断头的图案，在像傍晚的天空一样的深蓝色的布上，用白色丝线绣出云彩般的花纹，有种特别的古朴之美！每当我夸赞她时，她便会回忆起做女儿时的巧手时光。我也曾见过她年轻时扎的花枕头，每一件都堪称是民间艺术的珍宝，可惜时光不再，那些点灯熬油的日子终究还是随她的青春一去不复返了，现在她只是想着如何打发每日的漫长时光。

在微信朋友圈看到龙虎山的牡丹园里一片热闹，我让奶奶看了看朋友发的照片，感觉她有些动心了，想去，我便打电话约了弟媳和侄女一起去。

经过我怂恿几句之后，奶奶嘴上说着晕车，手拄着拐棍就挪进她自己窑里了。我知道她是梳洗打扮去了，人老心不老。这话我也只敢悄悄说，如果被她听见了，她又会嫌我说她老了。过了一会儿，奶奶果然换了新的衣服鞋袜，头发梳得齐齐整整，笑眯眯地挪着脚步来找我了，手上还拿着一张五十块钱的票子——她听我说出打出租车得要五十块钱。

拄着拐棍下坡的时候，我搀着她，她走得很急，但是速度一般，腰腿疼加上气喘，她是心有余而力不足，劲儿使得够，但是脚步挪得慢。终于到了路口，奶奶坐在路边的小墙墙上喘气歇息，我给三姑发了个视频，奶奶看着视频那头的三姑，装作很无辜的样子，说我们要带她去龙虎山看牡丹，她怕晕车。

等车的间隙，奶奶从兜里掏出来那张票子，说打出租车的钱她掏。上车了之后，出租车司机非常好，看见奶奶年龄大了，和她说东说西，还一个劲儿地夸奶奶有福，夸我们孝顺。奶奶被夸得开心了，瞬间幸福值爆表，告诉人家天底下也没她这么好的孙女和孙媳妇。奶奶一高兴车也不晕了，就是忘记了给人家车费，其实车费我早给扫码付过去了。

到了牡丹园，人很多，天气很好，不冷不热的，阳光也不那么厉害，蓝蓝的天空不时有云朵飘过，给人们带来一丝阴凉。奶奶拄着拐棍挪进园里，她开心的时候是不要人搀扶的，尤其当旁边的人用惊讶的眼神看着她，感慨这么大年龄的老婆儿还能上山赏牡丹的时候，她的腰板好像更直了一点。

奶奶喜欢拍照，我就赶紧拿出手机给她拍，拍完了她还要看看拍得怎么样。好不容易从园子里出来了，奶奶感觉良好，东瞅西看，问这问那，和路过的人聊天，时不时摸摸自己的头，看头发是不是被风吹乱了，又低头看看衣服哪里是不是脏了。没一会儿，奶奶累了，站不住了，我们把她安顿在中心花坛塄上坐下休息，我们又去别处看看，顺便拍拍照。

回去时，我又打电话叫了刚才的出租车，奶奶执意要给钱，我骗她说上来的时候我已经给了，其实我一边说着一边才给人家扫码转账，即便微信到账有语音提醒，也没让她识破我刚才的谎话。

奶奶有些生气了，她觉得和我们说好了回去的时候她付钱，她不愿意总花我的钱，我提前给了也不告诉她，她的五十块钱花不出去了。她执意要请我们吃饭，我们只得答应她了。

为了满足奶奶要花钱的愿望，我们决定在龙虎山下的十字街吃煎饼。煎饼才端上来，没有领会奶奶心思的弟媳英英抢着扫码付钱了，我心里知道她好心办坏事了。果然，老太太又生气了，把五十块钱扔饭桌上不打算要了，不知所措的英英觉得自己很无辜，她想请大家吃饭也没有错，那张纸币被推来推去没人肯要，老太太更生气了，煎饼也吃得不香了。煎饼店里的人看着我们不知道发生了什么，我边吃绿豆凉粉，边笑着告诉了她们缘由。

凉粉很凉，尤其我不太敢吃凉的东西，加上刚才我们每人又喝了一碗煎饼汤，我冷得实在受不了，赶紧打发英英去给我们买热乎乎的奶茶，前提是拿着那惹奶奶生气的五十块钱。英英终于领会了奶奶的心思，拿着钱走了。

请我们喝了奶茶，奶奶才开心起来，她感觉到她也是有用的，不是只会吃人家的不知道还的老不中用的人了。老，她不想承认，不中用，她更不想承认。

前两年，她看见别人用碎布片缝坐垫，把旧衣服剪成小方块，再对折，按照颜色搭配成一块一块，再一圈一圈缝成团花模样，放椅子上就像花朵一样。她看着喜欢，八十多岁了还积极热心地去学，等她学会了，和所有会手艺的人一样，就舍不得把手艺丢了。她把这手艺从子长带到西安，还专门教给我弟媳，并且惠及身边的每个人，从儿子到女儿，从孙子到外孙、曾孙，再到相识的邻居，每个人手里都有几块奶奶赠送的坐垫。奶奶为此乐此不疲，甚至不惜自己花钱扯布料缝。

现在的年轻人没有不会玩手机的，也没有不爱玩手机的，奶奶也爱，可惜年龄大了，学不会。每次看我们玩手机都会感慨："在这世里是不顶事了，等着下辈子再做一回人。"每次我偷偷给她拍照被她发现了，她总要赶紧整理一下头发，扯扯衣服，嘴上说不喜欢拍照，拍完了马上就要看看拍得好不好。三姑爱玩抖音，每次拍抖音短视频，奶奶都会特别配合，该用道具用道具，跟着音乐摇摆打节奏，学着年轻人的样子玩得乐呵呵的。她常说，如果她再小几岁，什么好事就都能赶上了。即便这样，她也紧抓着时代的尾巴，

苏家河的河

一点都不愿意放松，不管什么新鲜事物她都乐意接受，更乐意尝试。对于手机，她也慢慢摸着了一些门道，看快手短视频更是头头是道，果然心里不觉得自己老，人就不会老。

奶奶不喜欢拖累别人，自己力所能及的事总不愿意麻烦我们这些小辈，她总是要向别人证明自己还不老，自己还有用！她的口头禅是："等我老了，你们再给我干这些。现在我还能动了，用得着一天三茶六饭的，像活佛一样坐着让你们伺候？！"甚至我们给她端一碗饭吃，她都可能会觉得我们快要嫌弃她没用了，心里很不安。这大概就是人老了之后，在儿女们跟前的一点刚强吧，虽然她不愿意承认她已经老了。奶奶会经常神神秘秘地给我伸出一个巴掌，悄悄说："等着看，我还要活五年！"这话她已经说了几年了，每次不爱笑的我听到后都要哈哈大笑，活得忘记年龄大概就是她这样的吧！

如今奶奶跟着父母住在老家，终于回到自己念想的这个地方，但她似乎又不是那么开心。村庄日益凋敝，人烟稀少，每日出门见山，低头又是那无尽的黄土，难见半个人影，没有了人声的滋润，她好像和村庄一起变得更加稀落干瘪了。门前的小河水流日渐清瘦，属于奶奶的那轮日光也渐渐发黄暗淡。岁月无声，大地敦厚，向晚的太阳缓款坠入大山，又见炊烟升起。

# 渡　山

离家三十年后，爸爸妈妈带着奶奶又回到村庄居住，这个城市终究未能留住他们的心。

三十年前，门前一座连着一座的大山，让生在大山沟里的妈妈心生憋屈，于是她不顾众人反对，带着我们奔赴同样被大山环绕的县城，希望有一天我和弟弟能踩着"高跷"走出大山！

从此，山的那边是什么，爸爸妈妈却已无暇考虑，现实的生活远不像当初的一个决定那么简单。身无一技之长的爸爸只能干一些脏累差的苦力活来养家糊口，瓦堡城里遍地都是的小煤窑，成了爸爸为我们赚取生活费的地方。爸爸离开土地，离开殷实的农村老家，在城市里活成了最底层的人。可是他顾不了想那么多，一家子吃饭要钱，我和弟弟上学要钱，家里家外样样都要钱，爸爸的世界里已经没有太阳和星星，只有那些黑咕隆咚的洞窟，和同样黑黢黢的同伴们出生入死地挠挖（指很辛苦地卖力劳作）。他本可以背着太阳，顶着星光生活，却为了我们选择了在黑暗里攫取光明，在沉默和隐忍中努力融入这个陌生的城市，成为其中最卑微的一员。

多少年里，我一直都不敢问，也不敢想象爸爸的工作环境，我选择了沉默和假装不知道，直到我读了路遥描写的那些苦难的矿工生活的文字，像是有一记重锤砸在我的脑门上，那些多年压抑在心间的恐惧像洪水一样漫过我的身体，我彻夜难眠。和那些苦难相比，这些年自己遇到的困难突然之间便不值一提。与初到城里落脚的大多数农村人一样，为了生存，爸爸妈妈尝试过各式各样能挣钱的活计。其中一项便是做一些小本买卖，起先是贩卖一些应时的果蔬，后来他们干脆在农贸市场租了一个摊位，卖日用杂货。农贸市场是个敞风口子，除了摊位头顶上的一层薄铁皮瓦，四面皆空。夏天还好，冬天比站空地里还冷，空地里起码还有太阳晒着。风穿过摊位到处肆虐，整天站在这样的地方吃风，冻得人脚底冰冷、四肢麻木，全身基本没有什么感觉。

后来商贸中心修建起来了，市场管理方式发生变化，农贸市场的很多商铺、摊位被要求迁往商贸中心背巷的门面里。考虑到门面房租和生意等各方面原因，父母便不再继续这一项营生了。农贸市场的杂货摊至今仍然存在，和过去一样，卖的多是从镇川拉过来的货物，比较便宜，也具有一定的地方特色。很多在超市里或者商店里买不到的日用品和本地特色产品，在农贸市场里肯定能找得到。

再后来，父母又去洛川县承包果园，春忙秋收，却是天灾难防，不是开春刚施过肥，果花就被冻掉了，就是夏天刚刚套袋，果子就被冰雹砸了。最可恶的是，秋天了，眼看着摘了袋子就可以摘苹果了，结果一场冰雹把整个果园砸得稀烂，一年的投资和辛苦瞬间化为乌有。那种欲哭无泪，大概只有他们能够体会到。好不容易躲过天灾，苹果丰收，却又遇着人祸。果商的层层盘剥、卡价和果农之间的不正当竞争，让果价低到不能再低，哪怕是享誉全国乃至世界的洛川苹果，最终赚得盆满钵满的并不是一年辛苦的果农，每年下来投资过万却不见有什么可观利润。就这样辛辛苦苦几年之后，爸爸妈妈不得不放弃了精心管理的果园，再次回到家乡。

一次"十一"假期，农历八月份的天气，我们正在老家，好好的天气突然响起了雷声，妈妈说："八月的雷，不空回。"果然，没一会儿下起了冰雹，所幸并不大。这时我从微信朋友圈看到洛川、宜川一带即将丰收的苹果惨遭冰雹袭击。妈妈听闻以后感慨万分，一方面庆幸今年下定决心撤出果园，另一方面又为熟识的洛川人唏嘘不已，这几年的担惊受怕让她看见冰雹便心有余悸。

话说回来，受苦人的冤家何止冰雹一家。妈妈在为别人

苏家河的河

担忧的同时，又何尝不是感慨自家。开春才打算回老家的爸爸，兴致勃勃地种上了很多庄稼，期待能有个收成，今年打好基础，明年回家搞养殖。不料，老天这就给了他一个下马威。长夏苦雨，新闻上说，连着七十二天没有有效降雨，地里干得要着火了，很多籽粒干得发不了芽，就是出了芽的，也半死不活地摇着个细腰腰不好好长。到了秋天，又是接二连三的漫漫淫雨，稻黍穗子在地里就发霉了，有倒伏的穗子直接在地里就出芽了。我们去割穗子的时候，脚底下的土仍是泥泞的，一脚踩下去就陷进去出不来了。但没有时间等到地干了，趁着天气晴好赶紧抢收。玉米是连秆子一起砍回来在家慢慢掰的，玉米棒子大多只有我的拳头大小，还有压根就没有结穗的。谷子看着穗子还行，打下来风机一吹才知道，三分之二是秕谷。洋芋更绝，连籽都没有收回来，爸爸和弟弟去刨了一下午，总共就拉回来一蛇皮袋子。就这样砍玉米、割稻黍、掐谷子、刨洋芋，再加上捶捶打打、扬扬簸簸，忙忙乱乱了十几天还没完，至于收成，不能问。

妈妈说，受苦人不能因为害怕天灾就不种庄稼，不管能不能收都要按时撒种、上肥、锄草，这也是受苦人的"尽人事，听天命"吧！

算起来，爸爸妈妈是农村进城大军里最早的一批，也是回归土地较早的一批。城里终究没有根，在没有什么更好选择的情况下，一部分人和我的父母一样选择了回家，家里最起码有一份安心和安逸。

和父母一样，当初，很多村里的年轻人只收拾了简单的行囊，便锁上窑门，义无反顾地离开了家乡，热闹兴旺的村庄一下子变得寂寥荒芜了。村里人进城之后仍是本本分分地做着受苦人的角色，兢兢业业地打拼。有的从最早的蹬黄包车到开小蹦蹦（三轮车），再到后来开出租车，工具变了，角色却一直未变；有的从最初的走街串巷、挑担卖食到拥有自己的小饭馆，再到谋求创业，发展小型食品加工企业；还有的学习一技之长，开拓自己的领域，将事业做到风生水起；更多的人寄希望于子女的教育，费心供孩子读书，希望将来有一天他们能够真正离开土地。可是谁又能真正离开土地呢？

父辈们为了生计选择了离开家乡，他们蹚过一条又一条的河，"渡"过一座又一座的山。我想如果有个专门的词，那应该是土字旁而非水字旁的"渡"。门前的一座山便是一种苦和难，千千万万座的山，连绵不断的山，让他们白天黑夜无时无刻不在跋山涉水。尽管他们的脸上早已沟壑万千，他们的衣服早已沾满尘土，但最终他们还是能够"渡"过千重山，回到家乡。

年轻一代的我们就没有那么幸运了，城市生存的压力越来越大，即便顶着万重山，我们似乎也无法离开城市回归乡村。老家只是我们焦虑生活中的一个田园梦，既无法实现也无法抵达。

曾经，老家一年一度的灯场和庙会是我们年轻人续梦的机会。每年到了正月初七和六月初八，漂泊在外的游子们不远千里万里都要赶回来凑热闹，见见家乡人，说说家乡话，联络联络感情，好像一年就有了奔头，心也安了。如今受疫情影响，灯场庙会都被取消了，老家的很多风俗习惯也渐渐地随之消失了。

我曾经也思考过，陕北这个地方很多人都是没有固定的宗教信仰的，但是灯场庙会却很盛行，到底是为什么？直到疫情期间，我才渐渐明白，其实农村人也并不是真正信仰什么鬼神，他们只是借着这个契机与亲朋好友、父老乡亲相聚一下，联络感情。没了这个由头，分散在四面八方的人们便不会那么齐心，也没有动力奔波回家。一个村子搞不起庙会灯场，闹不起红火，说明凝聚力不行。一个年轻人没有当过纠首（陕北民间举办一些活动的组织者，一般是轮流的），说明他还未能成家立业，算不上真正的男子汉。这些观念看似落后，实则朴素而又实用。

山的那边是什么，父辈用他们一生的实践告诉了我们答案，却无法帮助我们"渡"山，这不是他们的错，也不是我们的错。多年以后，当我们也"尘满面，鬓如霜"时，该何去何从？

# 二爷的"西游"

月儿刚刚爬上窗畔畔，门外是大地熟睡后的寂静，窑里暖烫烫的，炕上的被窝里更暖和，我昏昏然要飘往黑家湾了。爷爷的咳嗽声远远传来了，脚步声也一深一浅地回来了，听着爷爷进院豁子了，奶奶在炕上大声说着："牲灵不喂，门不锁，成天天黑了到处串，人家熬油点灯的不瞌睡？尿盆提回来！"接下来就听到爷爷擤鼻涕的声音、给牲口倒草料的声音，以及踢踢踏踏到碥畔上提尿盆的声音，然后门"吱"的一声开了，爷爷依旧无言，窸窸窣窣上炕钻进被窝里。听到他"哎呀"一声心满意足的长叹之后，我们便要睡觉了，我又昏昏然。

这时，院子里传来了踉踉跄跄的脚步声，不用想，又是二爷（即二爷爷）。奶奶赌气翻了个身，我已经瞪着眼睛等二爷敲门了。果然，门外传来二爷的声音："大哥、嫂子，睡下了？""哥，我看你走了，也就走。""哥，我揣了半

146

瓶酒，咱们哥俩再喝一阵！"奶奶恨恨地甩着被子："这都半夜了，你不睡，都嫑睡了，看你醉的，快回去！"门外的二爷不说走，也不说不走，就是"大哥"一声"大嫂"一声地叫着。奶奶也知道，今天晚上二爷怀里的半瓶酒不喝完，他是不会回家的，只得爬起来开了门，而我早已穿好了衣服等二爷进来了。

酒场自然摆在炕上，奶奶被迫裹着被子坐着打盹，我则精神百倍地坐在二爷和爷爷中间给他们倒酒，二爷沾酒就醉，一醉话就长了，我又有"西游"可听了。

二爷很讲究，照例第一杯酒端给奶奶："咋，大嫂，又把你聒醒了，喝了，喝了。"奶奶也没脾气了，接过酒杯一口抿了。我很识相，赶紧给空杯里满上。他们兄弟俩边拉话边抿着酒，我太无聊了，把酒倒进酒瓶盖子里点火玩，看着酒精蓝色的火焰在眼前忽闪忽闪的，眼皮又开始打架了。"来，莹莹瞌睡了？把这杯酒喝了，精明精明（意为清醒清醒）。"二爷对我说。我推辞不喝，爷爷轻声慢语地说："喝一杯没事，酒暖心，喝了如法（舒服）。"听了爷爷的话，我就不客气了，端着酒杯一饮而尽，二爷看着我笑得更醉了。

"唉——"听这一声长叹，我知道二爷的"西游"要开了，瞌睡也没有了。

"哥，你说这鬼也怕恶人。"爷爷没有言语，端起酒杯递到二爷手上，二爷也不需要他哥言语，就开始自说自话："苏宏志那年从朱义峁圪槽里回来，天一抹黑，就碰上那么个东西，纠缠得实在是没办法了，一把把那东西捉住，套了个绳绳拉回来了。回来走到门前对老婆喊：'开门！开门！'老婆把门打开，他说：'捉了个鬼，生火，做了吃鬼肉。'又说，'找些豌豆来，把那鬼绑上让它磨豆黄儿（豌豆在磨上磨了皮剩下的部分）。'说完，他把鬼绑在磨上，一晚上只听见磨上'嗬楞楞——嗬楞楞——'响。临鸡叫了，鬼尿了，求着让他把自己放了，最后苏宏志真的把鬼放了。你看他厉害不？敢捉鬼！"爷爷听完并不言语。

"二爷，鬼是什么样的？"

"你孙子，嗨——"二爷把手里的酒送嘴边，"谁晓得了，见过的人说得都不一样。"

"二爷，你喝了酒还敢走烟布袋渠回去？人家都说那里有鬼，鬼不是爱跟喝酒人吗？"

"来，莹莹孙子再喝上一杯。"我还有很多问题要问，二爷却塞来一杯酒，我也不客气地接住就喝了，我知道喝了二爷的酒，才能继续和二爷聊鬼。

酒喝了，爷爷接过酒杯，说道："我也遇过一次。在寨子沟山上，月亮明得朗朗的，我一个人往回走，离老远看见前面路口有个白圪桩，头皮发麻。我心想，今黑了喝了一点酒，敢不是眼花了吧？不走吧，没办法，再走吧，眼看就到跟前了。我就想起大叔说过，要是黑圪桩和你打，打不过就咬破中指指头，把血弹上一点就能镇住了。我看眼下没办法了，管他白圪桩黑圪桩的，试试再说。等走到跟前，那东西一下子不见了。想是我眼看花了。"

"不要说鬼了，人逼急了比鬼还厉害了。嫂子，再喝上一杯，你给我切上一点酸菜，冰冰的、酸酸的，让我就点。"二爷边说着就递给奶奶一杯酒，奶奶没有接他的酒，一抽身下去到菜瓮跟前去了。

爷爷和二爷喝酒从来不就菜的，奶奶也就没有给他们准备菜的习惯，何况二爷每次都是在半夜三更从别的酒场顺了半瓶酒来找他哥。深冬腊月，夜清了又格外冷，谁还乐意酒盅盅、菜碟碟地给他准备，能开门就很给他面子了。不过在爷爷家，二爷不在乎有没有面子，他只在乎今天这半瓶酒是和他最好的哥们儿喝的，这就行了。

酸菜切好端上来了，二爷就着酸菜又续着前话："人要是被逼急了，鬼不敢做的事他也敢做。冯家嘴头冯谷生是个列脖子（陕北方言中常指为人比较执拗），穷得什么都没有了，也就什么都不怕了。那年去山西揽工，因为没钱被困住了。他先去理发店让人家把头发剃光，人家就给他把头发剃得光光的。他又对人家说把眉毛也给我刮了，人家就把眉毛刮了。最后人家把他胡子也刮了，结果他没有钱付账，就对人家说，把我的脑袋也割了。剃头人一看，说这人是个穷鬼，不要钱了，便打发他走。他还说，我不欠你的钱。冯谷生后来又走进当铺，对掌柜的说他有东西要当。掌柜问他要当什么，他就把他的头噌的一下放上去，当铺的伙计吓得直后退。掌柜的说他是穷得没有办法了，给了两块银圆让他走。临走，他还不忘记去理发店付理发钱。你看穷把人逼的，是不是？”

二爷的话渐渐模糊不清了，我把头靠在炕圪垯里进入了梦乡。不知道有多少个这样的夜晚，我陪爷爷和二爷喝烧酒，听他们讲"西游"，还在父母毫不知情的情况下练就了一身好酒量。

二爷并不是爷爷的亲弟弟，但是他们的感情胜过亲兄弟，每一季的新鲜果蔬二爷都早早地摘了送来，每次得了一瓶半瓶烧酒，二爷都像宝一样揣着来找爷爷共享，凡二爷有的都先拿来给爷爷。就连二奶奶也和奶奶关系很好，她有事没事就到奶奶家转转，逢年过节做个什么吃食还大老远送过来，经常和奶奶拉拉话，说说家长里短。

奶奶常说二奶奶不容易。二奶奶身材瘦小，有些佝偻，头上常拢着绿格子手巾，好像经常会头疼。因为有些气喘，她走路有些慢腾腾的，不过她脾气很好，说起话来声音有些沙哑。可能是因为二爷爱喝酒，且常醉着，她想脾气不好都不行。每次我去她家，二奶奶都特别热情，把好吃的全都翻出来拿给我。那时大叔家的女儿媛媛由于身体的原因不能去上学，一直在二奶奶家里住着，我常去看看她。媛媛的骨骼天生脆弱，一动一摔就会骨折，去医院也就成了家常便饭，所以她平时很少出去玩，经常一个人在炕上画画玩。看见我，她马上收起忙活的东西，眼睛里有了一种异样的光彩，随之白嫩清秀的脸庞上就会飞起红霞。媛媛话不多，有一种不自信和羞涩的质朴美隐藏在她青春洋溢的身体里。二爷回来看见我在，照例会说："莹莹有心了，又来看媛媛了。"在媛媛面前，二爷常常是笑呵呵的，但是在奶奶家，每次提起媛媛，二爷就像喝醉了酒一样，嘴里念念叨叨，然后眼泪就流出来了。他每次都说："媛媛娃娃可遭罪了，我替不了啊！"

后来我离家久了，媛媛也慢慢长大了，身体竟然好了起来，过起了正常人的生活，也结婚生子了。偶尔回家遇见二爷，他满脸幸福地给我讲媛媛和媛媛的孩子，原来时间可以治愈病痛和苦难。

再后来，爷爷走了，二爷再也不会在半夜捶奶奶家的门了，只在白天路过时，坐在窗台跟前的石床上叫几声哥，和奶奶拉会儿话，有了好吃的仍旧会给奶奶送一点。二爷的酒瓶时不时揣在兜里，晃来晃去的，酒瓶摔碎了之后一身酒味，始终不如放在肚子里"保险"，所以二爷依旧常常醉着。

接着二奶奶也走了，跌哨沟的硷畔上，二爷一个人进进出出。长长的公路上，时常看见太阳把他的影子拉得很长，像极了他爷爷的"长腿"。不过他终究不是"长腿"的亲孙子，也是在一个酒后的下午，我才第一次从二爷嘴里听到"长腿"的故事。

"长腿"是二爷的爷爷，他因腿尤长于他人而得这绰号。"长腿"长得人高马大，力大无比，年轻时曾是十里八乡的强人，无人敢惹。有一次他和婆姨去赶集，回来时天色已晚，路过一家人的高粱地，走得匆忙了些，把人家的高粱碰倒了几株。庄稼人自知不妥，正好主家也在地里，就忙不迭给主家赔礼，并小心扶起高粱。谁知主家是个得理不饶人的，骂骂咧咧说了一长串的难听话，眼看天黑了，又相跟着婆姨，"长腿"强忍着咽下这口气，走了二里地，越想越生气，觉得这口气始终还是咽不下去，就二话没说一把背上婆姨走回去，走到那高粱地就开始割高粱。没过多少时辰就放倒一大片，他拿绳捆束好，呼哧呼哧背着高粱往回走，嫌婆姨走得慢了，便把婆姨也放在高粱捆上一起背着走。第二天一早，主家来地里看见那场景又急又气，循着脚踪走了一段，只觉得胆战心惊，不敢再追。原来那脚印子又大又深，绝非常人，且这人逢崖跳崖，遇沟跨沟，绝不像常人所为，主家只得自认倒霉。俗话说，人生应自者二三，不如意者七八。"长腿"虽强，但却也有遗憾——膝下无子。无奈，他只得求兄弟给他过继一个侄子以立门户。谁知他过继了侄子没几年，他老婆竟又生了一个儿子，这下他的人生算是彻底完满了。哪知没几年，"长腿"病了。眼看身子一天不如一天，临殁之前，"长腿"把子侄都叫跟前，当着户家（指本家、同族）所有人的面，把金银财物一概家当都给了过继的儿子，只给亲生儿子留下一些田地和两孔窑洞。安排完后事，"长腿"便撒手去了，留下孤儿寡母哭恓惶。其实说恓惶也不恓惶，由于长腿的安排，长子感念他的厚爱，孝顺养母，扶持弱弟，照料得母子生活安然。

二爷便是长子的后代，说起这些的时候，二爷感慨他的"长腿"爷爷太有人生智慧。原来"长腿"当初虽偏爱亲生的次子，但是兄弟家中有四五个如狼似虎的后生，虽长子过继给了"长腿"，但这几个子侄因为血缘的关系肯定护着自家兄弟。"长腿"担心自己走后，自己的儿子非但家私不保，而且连性命也堪忧，无奈便将所有财产给了长子，以求亲生儿子平安一生。

二爷说到此，浑浊的眼睛望向远处被太阳照成金色的山，像是想起了久远的往事，又像是喃喃自语："唉，人呐，就那样！吃吃喝喝，一辈子，得了那么多财宝也没给子孙捞着，该过的日子还要自个儿过。"这一天，二爷喝酒了，但没有喝醉就回家了。

每次回家，我必定会给二爷买一些吃食送去，每次二爷送我出门都满是不舍。他的背渐渐有些驼了，走起路来也没那么稳当了，可还是前后里沟地转。后来，他身边的人一个接一个离开了，二爷的身影也越发单薄了。二爷院子里有一棵梅杏树，每到夏天，红彤彤的杏子压弯了枝头。那天恰好我去给他送一箱牛奶，他便硬留住了我，要给我摘一些杏带走。他说："媛媛要回来看我，这些杏是留给媛媛的，我每天看着不让别人摘了，也是只有你来了我才找棍子，拿筐筐给你打，给你吃我高兴。"我本来不想要，但是看他忙前忙后，无法拒绝，又看着他弓着腰转身给我拾杏的样子，突然想起了爷爷，泪水便哗哗流下来。我才明白，我一直愿意和他亲近是因为他和爷爷是那么亲。

那天下午，我把他拉到我妈家里吃烤肉，我知道他不稀罕肉，他自己也有酒，且来时就在矿泉水瓶里装了半瓶酒，但是我就是想和他坐下来再喝一回烧酒，再听他给我讲讲古朝。

酒还没端，二爷突然老泪纵横，说："唉，没几天喝头了。你，我把你的东西吃太多了。莹莹哎，二爷怎么给你还也？"我半天无言以对，泪水在眼中打转，如果爷爷还在……人生没有如果，只是爷爷他疼了一回我，却没吃着我的半点东西，我只得强忍着端起酒杯，笑道："二爷，谁要你还了？来，咱们爷爷孙子喝一杯，和二爷喝罢酒时间长了。二爷你记得不？我喝酒还是你教的。"一杯酒下肚，二爷忘却刚才的喟叹，话又多了起来："你从小爱听二爷说西游，今儿二爷再给你说一个。

我爷爷的爷爷时，有一个人会功法，每到过年的晚上就去收法，要等到天黑了，星全了才起身。一个人走到孤山旷野里看不见灯光的地方，拿着擀面杖、罗框子、臭鸡蛋这些东西。据说鬼怕臭鸡蛋，而擀面杖是二郎神的赶山鞭，相当于孙悟空的金箍棒，用擀面杖在地上画个圆圈坐进去，邪魔妖怪全都进不去。那人坐在圆圈里面收法念咒语，念五方神咒，催得鬼都来和他打斗。收法的时候既不能说话，也不能咳嗽。功法厉害的人能看见歇歇鬼、瘫截子（鬼名）……有些鬼会变成猪、羊、老虎等各种动物，挣扎着往法门里扑。如果收法的人尿了，他们就走了；收法的人厉害的话，就一直和他打斗，万一打斗不过，让鬼进了法门，收法的人就完了。这时候只有罗框子能打过鬼，没有罗框子就是死路一条……"

夜深了，星稠了，二爷没有讲完西游就提着他的半矿泉水瓶酒，摇摇晃晃地走了。

那晚之后我再没见过二爷，一个春日的下午，我在十字路口等红灯，突然听到二爷离去的消息。春风扑面，人流如春潮一样从我身边涌过，我突然闻到了一股酒香，从童年那个寒冷的冬夜里向我的味蕾沁润而来，冰冷火辣，呛得我眼泪直流，只听得人群里有人轻声说着："稠油稀油圪渣油，没见个驴驹听西游。"

# 伞　花

　　窗外秋雨霏霏，又是一个收获的季节，也是一个感恩的季节。撷一缕金风，化作这清凉雨水中朵朵缤纷的伞花，记忆像地上的水泡一样在我的脑海里泛滥。隔着玻璃窗，外面是烟雨蒙蒙的世界，雨水滑过窗户，犹如泪水滑过的脸庞，满是透明的忧伤。

　　学校大门外，那个焦急等待孩子放学的母亲，手里握着一把早已褪色的红雨伞，在这沉闷而又压抑的天气里显得格外醒目。被雨水打湿的裤子被她卷到了小腿上方，尽管此时已是寒意深深。女人手里提着一个塑料袋，里面隐约看起来像是衣服。天是凉了啊！只有做母亲的才会对天气的变化十分敏感。还有几分钟才能放学，女人时不时探着头朝学校里边张望，在这秋雨泠泠的时刻，我内心的某些柔软温暖的东西被这女人悄然触动。

　　那时，同样是窗外雨丝连连，我全身心都关注着讲台上神采飞扬的老师，全然不知窗外有一个身影已经站了很久。直到下课了，有同学说外面有人找我。我跑出教室，迎面碰见爸爸，他一副和蔼的样子，手里拿着给我和弟弟的雨伞和雨鞋。爸爸的话不多，把东西塞给我就匆匆走了，他还要赶在上课之前把弟弟的雨伞送过去。我总是想不通为什么爸爸每次都要在外面等几十分钟，直到下课的时候才给我雨伞。现在，我做了一名教师，才深深地体会到了他的心思。他不愿意打扰我的学习，也不愿意打断老师的课堂，宁愿自己多等一会儿。记得有一次雨下得特别大，我正在听课，看见同学们都往外看，好奇的我也顺着他们的方向看去，发现爸爸正在外面等着我下课。因为雨特别大，他的衣服湿透了。我不忍心让他等，便和老师说了一下，跑了出去。爸爸却责问我："没有下课，你怎么就出来了？"我笑了笑，接过伞就进教室了。只是后面的课我再也不能够专心地听下去，脑海里全是爸爸在大雨中匆匆走来的情形。

其实，很多时候他没有必要送伞来，放学的时候，雨可能就停了。而且我们班有很多小孩家长从来不来送伞，他们也都回去了。可是我能感受到每次我拿着雨伞、穿着雨鞋进教室的时候同学们羡慕的眼神，那时候我心里总是暖暖的，很幸福。

大学的时候，有一次我正在教室里自习，突然窗外大雨滂沱。望着窗外一朵朵盛开的伞花和那些与我一样因没有带伞而在雨中飞奔的同学，想到千里之外的父母，易于感伤的我突然泪流满面。相隔如此遥远，我看不到那个风雨无阻为我送伞的身影了。而那时的我并不知晓，爸爸由于意外事故导致左腿髌骨粉碎性骨折，正在医院治疗。妈妈怕影响到我的学习，就什么也没有告诉我。直到暑假回到家，看见爸爸坐在炕上，腿上打着石膏，我才知道爸爸的腿受伤了。我埋怨妈妈，爸爸却说："腿上只是一点小伤，已经不疼了。"不习惯在父母面前表达感情的我，转身到院子里默默地流泪。

今年暑假，爸爸离开家乡到外地打工。很久不见，多少有些想念，但是我从来没有打电话给他。我知道，我们都是不习惯表达感情的人，就算打通电话，也是无话可说，不如去看看他，尽管我们见面时也不会多说什么。和爸爸见面之后，依旧是几句简单的问候，我和他说着家里的事，问问他工作累不累，吃得好不好。我尽量和他多说话，让自己做得像个大人。

短短的一点见面时间之后，我就要走了，爸爸非要送我。正午的太阳火辣辣地晒着，路上行人稀少，蝉鸣阵阵。他一直像个小孩一样跟在我的后面，我不得不走几步就转过身让他回去。为了让他早点回去，我不得不走快点，他走了一会儿看我走远了，就停下来站在那里。我回头一看，觉得爸爸的身影显得有些矮小，泪水突然湿润了我的眼睛，心里说不出来的难受。此情此景，让我想起朱自清的《背影》。原来这世间父母的爱都是如此的相似，可又被我们发现得那么迟，幸好还不算太迟。

人总是要在痛苦中学会坚强，学会照顾自己。现在不论在哪里，我都会照顾好自己。累了就歇歇，下雨了就会自己带一把伞。窗外伞花朵朵，每一朵看起来都是那么娇艳、幸福！

·苏家河的河

# 闯 灯 场

扁食还未下锅，后硷畔上，苏凤山三叔家院里就已锣鼓喧天，热闹开了。我慌忙一溜烟跑到后硷畔去了，饭自然是没心情吃了。

宽敞的院子里，热热闹闹地站满了看红火的闲人们，多是小孩子和不需要操心家务的男人们，女人们在家忙着准备接待秧歌家的扁食呢。

早在两天前，村民们就开始忙碌起来了。粘灯、粘旗子这样的细巧活自然非婆姨们莫属。把硬纸箱子裁剪成一个个碗口大小的圆片，再把各色对联纸剪裁成大小合适的三角形，在三角形对联纸的一个长边上抹上面糊糊，沿着圆片的边粘起来，一盏灯就做好了。男人们在灯场里忙着刨灯场，丈量的丈量，画线的画线，栽秆的、绾绳的、绑彩门的……各司其职，忙得不亦乐乎。有的干活累了，就在灯场外的篝火边敲锣打鼓、抽烟喝茶。灯场热闹的氛围已准备就绪。

灯场在村队部下面的平滩里，三面围山，窝风。灯场是正方形的，纵横各有十九排灯柱，共有三百六十一个连接点，每个点上放置一盏灯，入口处设黑门，不置灯，共三百六十盏灯，合一年的天数。

刨灯场要用高粱秆或者向阳花秆栽成等距离的四方阵形，然后把栽好的秆子按一定规则用高粱秆横着连接起来。栽好秆子的灯场在空中俯瞰就像是一个很大的城郭，里面九个小城整齐排列，小城内部按照五方顺序相连接。每个小城又分别设有代表城门的彩门。细看的话，每个小城的门径走向又各不相同，九曲回环，没有重复。民间称之为"九曲阵"或"九曲黄河阵"。

相传，在碣石山碧霞宫里修行的三位娘娘（云霄、琼霄、碧霄）为报姜子牙杀害师兄赵公明之仇，在黄河边布下"九曲阵"与姜子牙斗法，不料惨败丧命。姜子牙念及她们为兄报仇情义可嘉，封她们为主管生育的三仙娘娘，而转灯场敬奉的便是三仙娘娘，也叫三霄娘娘，是陕北民间祈愿生儿女的主要神灵之一。

九曲也是道教阴阳太极图的变阵形式，一个大的太极图，当中包括九个小太极图，阴往阳及，循环往复。灯场的进、出门口都要系上松柏枝、插红旗、粘吊子、贴对联、挂红灯。灯场的中城子里面放一张桌子，桌上放斗，斗里插着五色旗子。这些旗子是极受人们喜爱的，一些刚结婚没有娃娃或者结婚多年至今还没有小子（男孩）、女子的婆姨汉（夫妻）们，有时甚至会为了这些旗子大打出手，只因人们认为拔到红旗就能生小子，拔到绿旗则能生女子。

天色渐渐暗了下来，锣鼓声越来越紧，男人们在三叔家窑里进进出出，准备接秧歌，碎脑娃娃们则在人群里钻来钻去玩。写（提前约定）好的秧歌家天黑之前只能等在村口不能进村，这是祖宗的规矩。天一黑，村里的秧歌队敲锣打鼓、放鞭炮发出信号，并打发探马、丁马前去打探消息。客家秧歌得信，也敲打起锣鼓家什慢慢往村里走，主家秧歌队则敲锣打鼓往对面的大路上走，去接客家秧歌队。

到了打第一彩子的地方，站在秧歌队最前面的是扛着彩子门的两个人，彩子门就是两根木棍，木棍上贴着对联，木棍之间拉着绳子，绳子中央缀一块红布，木棍上方还挑着马灯照明。彩子门下是伞头，伞头后面跟着一个又蹦又跳的人，只见这个人头上拢着白手巾，嘴里衔着铜哨子，身上反穿羊皮袄，腰间挂着一排铜铃铛，手里拿着羽毛扇，这人就是马牌子。马牌子是伞头的副官，他始终在伞头的左右蹦跶以保护伞头。马牌子后面跟的是扛着"日照"的人，"日照"是用红色的对联纸剪成条状，粘在秸秸盖子边上，盖子中间插上棍子做成伞状的东西，象征的是太阳神，还有说法是日照有旗帜的作用。有秧歌为证：

往上照，往上照，

上边红旗迎风飘。

宋太宗出门打旗号，

御驾亲征下河东。

（苏功昌提供）


有些地方为了对应日照，还有"月照"，象征月亮神，但我们村没有月照。日照后面跟的就是驿臣官，驿臣官只出现在第一彩子门上，由两个年轻力壮的后生抬一根长棍代表轿子，棍子上坐着戴眼镜、摇扇子，文绉绉又有些滑稽样的驿臣官。

几阵鞭炮声之后，接秧歌正式开始了。首先出场的是穿着花棉袄、戴着翻皮帽的地奔子。地奔子属于邪魔妖怪，因姜子牙封神时未得神位，而到处游荡，此刻在秧歌队前拦路讨风信。据说伞头执伞就领了神职，因此，懂礼的客家伞头看到地奔子拦路、撒泼打滚，便会开口唱道：


只顾走来没顾瞧，

彩前地奔路挡了。

钻天入地空中跑，

封神台前快报到。

（苏正明提供）

听得伞头给了自己风信，地奔子便一骨碌爬起来，嬉笑着朝伞头作揖离开。接下来是驿臣官登场的时刻，坐在轿上的驿臣官司兵马通信、安营扎寨之职，虽是小官，但却是秧歌进彩门的第一道关卡。只听得驿臣官趾高气扬地唱道：

我在馆中看书文，

耳听见门外有人声。

站在城上我观分明，

看看来了些什么兵？

（苏买和提供）

在得到客家秧歌的答唱后，驿臣官的职责也结束了，他也就退场了。这时，两家的伞头才正式开始彩门秧歌对唱。

据传，彩门秧歌源自赵匡胤酒醉误杀"鲁郑恩"，后鲁郑恩的夫人陶三春领兵围困京城，高怀德说和赵匡胤，设彩门迎回陶三春的故事。

对于懂行的大人们来说，两家伞头对唱秧歌才是接秧歌的重头戏，伞头的伞花旋着不停，锣鼓家什就不能停，只有伞头的伞轻轻朝前一点，锣鼓家什才能停下。在一问一答的对唱里，家国天下、历史纵横，无所不包。对唱彩门秧歌考验的是伞头的临场应变能力和头脑里的历史知识储备。大人们竖起耳朵听，或点头赞许或摇头叹息，娃娃们则削尖脑袋

苏家河的河

往前面钻，一边忙着捡哑炮，一边看着马牌子像孙悟空一样，在伞头的身前身后边扇羽毛扇边拼命地跳，只听得马牌子哨声清脆，铜铃声激越，和着鼓点将气氛一次次推向高潮，人群也跟着沸腾起来。

我打小怕炮，但是接秧歌时一定要硬着头皮，捂着耳朵，侧着脑袋，站彩门跟前看马牌子在忽明忽暗的光影里欢乐跳跃，恨不得自己也立马化身为他。

第一彩子的礼仪问答结束以后，主家端上烧酒，主客双方伞头分别斟酒并行握手礼，然后碰杯喝酒作为初相识的问候。接着便到了第二彩子，这里最有意思的自然是"辫蒜辫"。主客双方的人马交错扭在一起，从初识到此刻的相交，合二为一。一个个精神抖擞的后生和一个个花枝招展的女子手中彩扇飞舞，脚下灿若生花，他们尽情地扭动着腰肢、摆动着臂膀，激情、享受以及一年里难得的喜悦与相逢，都在此刻的锣鼓家什声里得以宣泄。就连站在两边观看的人们也被这欢乐的氛围感染了，不由自主地扭动着要加入辫蒜辫的队伍。辫蒜辫结束了，第二彩子也就结束了，最后一彩子就到灯场跟前了，大家已经相识相知，这一次是将客家秧歌队迎进家门。

我们村子大，有时转灯会写不止一台秧歌。记得有一年写了两台秧歌，天都黑了，马上要开始接秧歌了还不见另一台秧歌的影子。纠首只得打发人去找。原来是隔壁村的人因和秧歌家结了怨，挡着路不让过他们村。打探消息的人回来把情况说明之后，村里二三十个后生拉着镢头、铁锨像一阵风一样跑过去，没一会儿客家秧歌就被接回来了。据去的人说，那些愣后生们到了人家村里，敲门掀窗，吓得一村人都不敢出门吭气。

秧歌接回来要先让人家吃饱喝好，庄户人家招待贵客的吃食就是扁食。扁食是用猪肉或者羊肉和着焯熟的黄萝卜做馅，煮熟的扁食浇上汤，油汪汪、热乎乎，美滋美味。但秧歌队的人一个正月里到处赶红火，天天顿顿如此，他们吃得也是烦腻，宁愿吃一碗素烩菜。只是绝不会有人在做饭时给秧歌家吃烩菜这一类的家常饭，认为这样会怠慢了客人，这就是庄户人家待客的厚道！如今，村里常住人口少了，每逢灯场，村里会设有流动的婚庆餐车款待大家的一日三餐，这样对于在老家不开火的村民来说无疑是一件便捷好事。

秧歌家吃过饭，后硷畔上的锣鼓声又开始了。锣鼓声就是号令声，大人和娃娃们都穿戴厚实准备出门了。去灯场之前，家家户户要亮着家里的灯，路灯也要开着，然后把提前粘好的灯在烟囱上、窗台上、院墙上、硷畔的牲灵窝上、厕所墙上各放一盏才走。站在对面大路上看，整个村子灯光点点，色彩缤纷，一盏盏彩灯在黑黝黝的夜里如星星一般闪烁着，缤纷美丽。这一盏盏蕴含着希望与吉祥的彩灯似点点温暖的火种，将这小小的村落照耀得暖心熨帖，也将苏家河人的光景照耀得亮堂堂、红火火。

主客秧歌在闯灯场前要先去谒庙（祭神），谒庙时先放鞭炮、烧香纸，再由伞头在庙前唱一两支敬神秧歌，其他人则跟着唱、磕头就好。我们村敬奉的有佛祖、关公、药王、龙王、山神、土地、财神、马王等，转灯前还要祭风司婆婆，以确保今夜不刮风，闯灯场能顺利进行。

秧歌队去谒庙，庄里人则人手一炷香，早早候在灯场外了。想拔五色旗子的人你推我挤，早早守在灯场入口，尤其是当纠首的人，更是想第一个就冲进去，因为一般人当纠首就是因为家里没有小子，想要生小子。闯灯场还没有开始，就有十来个老后生把在彩门跟前维持秩序，他们手里拿着粗木棍，不停地往后推不断往前挤的人群，而人潮则一波一波往前涌，迫不及待的人们片刻都等不及了！有时人太多，你折断了我的香了，我烧了你的衣服了，熙熙攘攘，吵吵闹闹，一直到秧歌队到了灯场跟前了，才能安静片刻。

秧歌队来到灯场后，伞头便奠酒、烧香、磕头、唱秧歌，祭风司婆婆、祭孤魂，为的是不要刮风，不要有节外生枝。为了确保万无一失，进灯场之前还要进行一次围风，然后转灯才正式开始。

此时鞭炮烟花齐鸣，灯光灿烂，篝火耀天。鞭炮响起时，伞头唱一首进门秧歌："九城里面十八弯，男女老少把灯观。观了花灯把病散，年年月月保平安。"为的是求这一年平安顺遂。然后伞头在领头人的带领下进入灯场，他的后面跟着拖儿带女、呼朋引伴的人们。随着人群陆续进入灯场，整个灯场里一时间人影穿梭，你来我往。迷宫一样九曲回环的灯场，折返往复，回环相接，很容易迷路，想要转灯不迷路的唯一方法就是紧紧盯住你前面的那个人。往往有人走得慢些，找不到前面的人了，整个队伍随之就停顿不前了，急得后面的人直喊。

一进入灯场，你会发现身边来来回回走的都是人，不时脚底下鞭炮乱飞，头顶上烟花绚烂，耳畔唢呐、锣鼓、秧歌声阵阵，加上人们呼朋引伴、谈笑风生的各种声音，你会不由自主地眼观六路、耳听八方，然后迷路。有些娃娃贪玩，左顾右盼就把大人跟丢了，一时分不清楚东南西北，在秆子底下乱钻。守在小城子门口的人又喊又骂不让乱钻："钻了变驴了！"这时的娃娃们已顾不上变驴变马了，一眨眼大人不见了，跟前都是不认识的人，不乱钻是出不去了。闯灯场时，你看见左右离你很近的人，实际往往在距离上离你很远，而你看见离你很远的人却离你很近，这也是老祖宗的一种智慧吧。

灯场中的九个城子依次按照东南西北中九个方位排列，每个城子的彩门都有人把守，负责看护城子和放鞭炮迎接进城子的人。转灯走的线路也是完全按照五方排列的，只能往前不能后退，更不走重复路，犹如人生。最后转的一个城子叫中城子，中城子也是终程，既在中间也在终点，城中置一高桌，桌上设斗，斗里有米，米中插着五色旗子，供人们按需拔走。转罢中城子，有眼疾手快的人已经开始抢灯了，守城子的人不许抢，大喊着："还没有完灯呢。"不完灯就不算圆满。完灯就是转完城子里面，出来再沿着城子外围转一圈，回到起点把手中燃剩的香放回彩门口，意味着这一活动的圆满。秧歌队和虔诚的人还在完灯，而不讲究的人已经抢成一片。大人抢灯是为了讨个彩头，回家放在财神、灶君前或者门楣上以保家人平安。小孩则是为了好玩，抢到了灯拿着边走边看一路往回走，也可以和伙伴们比比谁的灯更漂亮、谁的灯蜡烛更长。

抢完灯的灯场一片狼藉，陷入昏暗之中。人潮又如水一样往回涌，灯场里你呼我喊，人们三五结伴往回走。对我来说，这条回家路可能比别人又更多了一份刻骨铭心的记忆。

那夜，也是这样转完灯，拿到一盏喜欢的灯，我边走边看着手中的灯。结果出了灯场以后我的记忆便空白了，直到第二天早上睁开眼。初八早上，当我在老奶家炕上睁开眼以后，炕上的、地上的、窑里窑外所有的人，忽的一下子围过来，这个说：醒了？那个问：你认得我吗？我心里觉得好奇怪，这些人不是昨天晚上都和我在一起的吗？我说认识，他们就一个个过来问这个是谁，那个又是哪家的，当我一个个都答对时，他们都长舒了一口气。

我不知道发生了什么，只记得在梦里，我从炕栏那么高的崖上跳下去了。后来大人们告诉我，出了灯场后，妈妈手里一直拉着我，但是到了灯场跟前那个高崖边，她鬼使神差地放开我，自己往前面走了。正走着，过来个户家二大（指伯父或叔父）问妈妈我去哪儿了，我妈边告诉人家我在后面，边转过身来指我，就在她转身的刹那，看见我已经飘在半空中了。那是一个非常陡的红胶泥崖，崖底下山水冲下来的泥块滚成一个个巨大的沙石球，两个巨球之间的缝隙里，一冬的落雪形成一个松松软软的小窝，我就掉进了那个小窝里。一发现我摔下去了，转灯的人们炸开了锅。所有的人都以为我死了，他们觉得从那么高的崖摔下去，能活才怪。

所有的人都只是看着我不敢动，正好脑畔上的大奶奶路过，看着众人不敢上前，她觉得是死是活总得把娃娃先抱起来，便上前查看，发现我还有气息，赶紧抱了起来，交给老姨家的大叔。大叔抱着我往我们家跑，没跑多远遇见闻讯赶来的四舅，四舅又接过我一口气跑到奶奶家。据说把我交给四舅之后，大叔受到惊吓，腿软得路都不会走了，当时我确实是奄奄一息了！

到家之后，家人叫来邻村的赤脚医生给我打了一针，然后一家人整晚上守着我等待奇迹发生。在这一夜，奶奶一直在院子的梅杏树底下转圈圈，她非说我死了，任谁都叫不进窑里来。外婆在隔壁窑里急得犯病了，一家人发呆的发呆，转圈的转圈，就是没有人想着送我去医院，即便半夜里我吐血了。好在我没事，身上也没有伤，睡了几天就好了。

正月开学时，爸爸专门到学校去给老师说，如果我学不进去就不要强求，他们担心我脑子摔坏了。他们没有办法相信我从那么高的地方摔下去会完全没事，大概他和我妈最后认定，既然哪里都好着，肯定把脑子摔坏了吧！后来妈妈常说我是被灯光照得刺眼从崖上走下去的，谁知道呢？

转完灯，初七晚上的活动才过去了一半。村队部院里还有扭秧歌、唱小戏、扳水船、耍狮子等节目。我最喜欢扳水船时老艄公耍胡子，白花花的一缕长胡子左一甩右一甩，神气极了，但是这些活动不会持续太久，马上客家秧歌队要兵分几路由村人带着转庄了。

转庄又叫沿门子，就像是客家秧歌挨家挨户地向主家拜年问好，秧歌队一路敲锣打鼓，每到一家，家主都用鞭炮欢迎，伞头给主家唱一个吉祥的秧歌，主家会给秧歌队准备一些烟酒、瓜子、糖果和钱财之类的作为礼节和报酬。唱完秧歌，还要在院子里扎个小场子，我们叫动丝弦，人们认为正月里在家里动一下乐器的丝弦吉利。小场子一般选比较短的小曲或者小剧目，三五分钟就能演完的，不拘（不论）是《十对花》《小放牛》，还是《张良卖布》都可以。就这样，主家整夜守着、候着秧歌到自家院子来，而客家秧歌队则几乎整整一晚上不能睡觉，因为我们村实在太大了，等他们转完所有人家了，天也亮了。

到了初八早上，还有尾声。这天早上，客家秧歌队要在三叔家院子里扭大秧歌，唱道情戏，完了之后还要有送秧歌的仪式，是谓有迎有送，有始有终。

三叔家脑畔上、碾畔上、院墙上，甚至猪圈、厕所墙上，到处都是看热闹的人。那些平时没机会出门的女子们都把头发梳得顺顺溜溜的，扎上漂亮的绸带，穿上崭新的衣服，三五成群，走在哪里都是最靓丽的风景；后生们也在这一天把压箱底的新衣服拿了出来，抹把脸，照照镜子，虽比不上女子们精细，但也比往日光亮许多。这不仅是一个村子的集会，方圆几十里的人们也会来赶红火，尤其那些青年男女，这是他们一年里难得的交友机会，指不定哪家的后生、女子就看对了眼。长大后，我时常想着，这样的机会肯定成就了不少的美好姻缘。

这些都是童年闯灯场的场景。三年疫情之后，村里人对闯灯场这样的集体娱乐活动更是热情高涨，今年的灯场尤其火爆。因父母都已回村生活，从初五开始，我们全家都参与其中，帮忙粘灯、刨灯场、拉绳子、栽秆子还有接秧歌等，忙得不亦乐乎。三天下来，与童年那种单纯好玩的感受截然不同，我更是深刻感受到闯灯场这一民俗活动在乡村文化传承中所起的至关重要的作用。在这一天，许久未见的亲人因此多了一个相聚的契机，我们从四面八方匆匆赶回来，只为这一刻的相聚。赶红火、拉家常、叙乡情、话别离，相见时的亲切，如门前的那条河水，常在、常新。虽然过了这夜，我们又要为着生活各奔东西，去那些没有根的城市讨生活，但正是这样看似不起眼的聚会给了我们疲惫心灵一个休憩的港湾，让我们不论在何时何地，只要心怀家乡，就永远拥有一隅安暖。我想这也正是我们虽离家多年，却依然热衷于回家赶灯场的真正意义所在吧！

如今，村里的灯场在一帮年轻人的筹谋下，正逐渐成为十里八村著名的非物质文化活动。每年的灯场我们踊跃参加，积极筹钱，尤其新一代的人，我们希望通过自己的努力将这一传统习俗保留下去，同时也留一份美好给我们的后代。尤其是苏家河人面对生活的那种朴实积极的热闹劲儿，这是我们身在这个浮躁社会中多么难能可贵的精神财富啊。闯灯场这一看似简单的民俗活动却给了我们无穷的向上动力，一个闯字，是苏家河人精神的写照，也是我们在城市里逐梦的力量源泉。

（本文部分素材由苏永红、苏功昌提供）

苏家河的河

# 女客回娘家聚会

苏家河的河

2019年8月14日至16日，苏家河村举行了大型的女客回娘家聚会活动。

——题记

定好8月14日上午10点在村队部院里集合，一大早我们就拖家带口，大包小包地起身了。一进村，村队部坡底下已经停了很多车，路上已有不少穿戴一新、喜气洋洋的讲究人在走动。农历七月中旬的天气还是蛮热的。远远近近的山上不时传来阵阵鞭炮声，是回来早的人给老家亲（祖宗）烧纸了。是啊，这么大的喜事，也应该让他们高兴高兴。

为了这次聚会，微信群早已建好了，每天群里说说吵吵不停直到半夜三更。那天晚上，我淡淡地说："看来这个聚会要黄了。"听到这话，我妈眼睛都瞪圆了。我给她分析了一下，搞大型活动，先要出来几个领头的，然后要有组委会，要分工，活动前前后后得有个明白的人去安排。现在的情况就是一群人热心地在喊，但是大家什么都不懂，再吵吵也没有用。似乎看到希望的妈妈马上凑过来："那你懂吗？"我只好如实回答："女客聚会我没弄过，但是学校的文艺活动、艺术节这些我懂，也一直弄。"我妈来劲了，说："你负责？你负责？你不敢在群里说我给你说，行不？"不行，我坚决拒绝！

"你看看你，就会这些，关键时刻缩前躲后的，这是正事，又不是杀人放火了！"

"哎呀，你知道个什么？我年龄这么小，你算算所有聚会的人里面我肯定是最小的了。比我小的人家都早早离开家了，对家没有概念，也不会回来。你看聚会有几百人了。她们都是我的姑姑、姑奶奶，不管哪个站出来说话都能压死我，在她们跟前我说话没有权威。要是现在有人组织，不懂策划活动的话可以找我。"

我妈气得翻白眼，拿着手机对着我问："啊？啊？能行不？"

那个晚上，子长大雨瓢泼，洪水让整个城市陷入一片恐慌，而我妈却只关心聚会，我们讨论到凌晨两三点，我发现跟她说不明白，只好任她数落。

过了两天，二姨打电话约我。一到地方，看见村里能说得上话的几位叔叔都在，我马上明白了，这重任我是非接不

苏家河的河

175

可了。组委会确定好每个人的分工后，我们就开始分头行动。聚会活动终于有眉目了，大家心心念念等着那一天早点到来。

我提前一周就开始写活动主持词、领导人讲话稿、女客代表讲话稿，还要仔细地考虑每个活动细节和需要准备的东西。几个发小也提前回来了，在我那儿安营扎寨。白天我忙得天昏地暗，到了晚上，又和她们聊到半夜不睡觉，她们几个也忙着排练晚会节目，从早到晚，我家里的歌声、笑声不断。

还有比我们更热心的——大姑她们从西安回来脚不沾地、马不停蹄地到四路口教大家练秧歌、舞蹈。每个人都对这次活动那么看重，那么上心。那两天下午，四路口广场被我们理直气壮地霸占了。此外，在广场看到的一幕，更加坚定了我要把这次活动搞好的决心。

我们在四路口广场练秧歌的第二个下午，来了很多很多村里人。腿脚已经不灵便的奶奶也一定要去，任由我们劝说明天就可以回家了，到时要见谁都可以见到，也没有用。到了那里，奶奶遇见了我大爷，大爷家和奶奶家只有一墙之隔，是几十年的老邻居了。别人忙着跳舞扭秧歌，奶奶和大爷两个人四只眼睛，泪汪汪的。大爷亲切地叫着："嫂子，见罢你多时了。"爱哭的奶奶就不要说了，光是一个劲儿地抹眼泪。那天下午，他们两个一直坐在那说呀说的，好像要把这么多年没说的话一下子说完。在我的记忆里大爷是少话之人，他总是一副和蔼可亲的微笑面孔，每天天不亮就去地里劳作，到吃饭时才回来。回来时，不是胳膊肘下夹着柴火，就是背上背着猪草、牛草。即便回来歇晌，他也一刻都不闲着，门里家外的活总是安排得满满当当，从院子到硷畔总被他收拾得干净利索。大爷依然是一脸慈祥，只是和奶奶一样脸上多了一些忧伤。对于他们来说，这样的聚会更是难得的吧！在一个硷畔上生活了几十年，到老了，却谁也见不到谁了，想说话却没有一个看着熟悉的人。我想这也是很多老人不愿意到城里居住的原因吧！

看着奶奶和大爷在一起的那种久违的、发自内心的亲切，我突然明白了我们费尽心思搞这次活动的意义所在。对于这些八十多岁的老人来说，虽然他们儿孙孝顺，衣食无忧，但是陌生的城市，与晚辈之间的代沟，与身边一切的格格不入，让一辈子在黄土地上跑惯了的他们多少有些无所适从。在钢筋水泥大楼林立的地方，失去黄土的温热，他们也失去了最后的一点对家的依恋和生存的尊严。就像被吹在半空中的树叶，什么时候逝去了，他们什么时候才能真正落地，回归黄土，如同回到母亲的子宫一样，那时的梦才是温暖与安心的。

从山里烧纸下来赶到村队部时，这里已经人进人出、热闹非凡了。锣鼓家什也敲打起来了，亲人们脸上笑盈盈的，像有天大的喜事。上了礼，领了衣服、道具，我就赶紧钻进给我安排好的窑里，趴在电脑前忙了起来。外面锣鼓喧天，欢声笑语，我一个人在窑洞里又忙又急，像遇到难事的孙悟空，抓耳挠腮又手忙脚乱。我实在太想和他们一起热闹热闹了！但是再急也得把这三天的活动流程先安排出来张贴在大门口，好让大家心里有数。

第一天的活动相对简单，人们陆陆续续地往回走着，回来早的都忙着打扫自家窑洞给大家预备住处。我只有安排下午饭和第二天的节目彩排，再让不忙的人扭扭大秧歌，熟悉一下晚会安排等。对于苏家河的人来说，只要锣鼓家什响起，秧歌就能闹起来。考虑到要摄像，我还是组织他们排练一下，又另外挑出来二十个秧歌扭得好的，准备在晚会开始前跳开场舞。报上来的节目，我也要一一串好并写好主持词。一个人在窑洞里忙活着，听着那熟悉的锣鼓声，我真真切切地感觉到自己回来了，一切都是熟悉的、亲切的味道！

下午吃羊肉饸饹，锣鼓唢呐鞭炮声声，笑盈盈地站在流动餐厅门口看客的三大高兴地说："哎呀，这个事情过大了，客冒（超过预计）了。"原来当初我们大致算了一下能回来三百五到四百人，结果一下子回来六百多人，买回来的食材不够了。

吃过下午饭，天还早，院里早就热闹起来了。伞头带着大家扭大秧歌、转角子、卷蜂窝（各种秧歌队形）。只见在锣鼓家什声中，粉红色的扇子犹如一只只翩翩起舞的蝴蝶，在红黄交织的色彩里随风随歌曼舞。那一个个灵动曼妙的身子不知疲倦地跳着扭着，扭着扭着就扭回到了青春时代的苏家河。门对面的山还是那么高，坡底下的水还是那么清，苏家河的心还是那么年轻。院子跟着沸腾起来了，窑洞里也热闹了，远处的山、近处的水、院畔下的庄稼无不在风中轻轻舞动。苏家河苏醒了，苏家河流泪了：女儿们愿你们常回家走走！水船扳起来了，竹马也骑上了，早就手痒心痒的后生们也上阵了。锣鼓声一声紧过一声，像是一声又一声的号声，在催促，在追赶，在千声万声急切切地呼唤：久违了，儿女们！在悠扬婉转的扳船调里，不是幼时听到的那种恍惚，而是真真切切的诉说，多年以后还有谁能记得，那些插科打诨的唱声里曾流淌着我们多少的爱与不舍！

第二天是正日子，一大早先举行接女儿回家仪式，我们采用接秧歌的形式，一队是女儿们，另一队是娘家人。从王家圪台外婆家对面接起身，一直接到学校回来，一路上打了四彩子。第一彩子的头两个秧歌是专门让女客唱的，也算是别出心裁。都说苏家河是出人才的地方，果然，从来没有打过伞的一个户家大姑毫不怯场地唱了两个即兴秧歌，为这一天的活动拉开了序幕。如果说我们有什么骄傲的，那就是不论搞什么文艺活动，你总能很容易就找到合适的人，并给你惊喜。

接回家的这一路上,我最喜欢的是第三彩子和第四彩子。第三彩子辫蒜辫,我很喜欢这个称呼,我更喜欢两边的人你来我往,游龙走凤般交织在一起的场景。辫蒜辫不仅要眼观六路、耳听八方,还要手脚协调,判断好对方的方向,否则一不小心就和对面过来的人碰架了。对我这样的初学者来说更是,扇了扇子,脚底下就不会走了;脚底下走对了,又顾不了对面的人了。手忙脚乱,胡蒙乱撞,好在和我一样不会的人也不少,即便撞对方怀里,大家也都是开怀一笑。第四彩子也是最后一彩子,唱完秧歌时,村里的大妈、婶子、叔叔、哥哥们在路的两边站成两排,一边拍手一边喊着:"欢迎女客回娘家!欢迎女客回娘家!"最简单质朴的话语,用最纯真的乡音表达,那些热情洋溢的喊声,那些笑容四溢的脸庞,那些应和着锣鼓唢呐声的掌声,虽然只是一种仪式,但我们却感动得泪水盈眶。这是至亲的人给我们的喜和暖,是我们的底气,也是我们的力量,从此不管身在何方,苏家河都是我们的底蕴和色彩。

女客接回来以后安排吃饭,然后按年龄段拍照留念,完了自由活动。许久未见的姐妹们在一起有说不完的话,道不完的情。你呼我喊相约着去重温苏家河的山山水水,去玩小时候玩过的游戏,一起回忆童年的乐事,完了不忘互损一下。时光改变了容颜,岁月在每个人脸上刻下痕迹,但是那一颗颗心从来都没有变过,也没有离开过。仿佛就在昨天,我们还在一起拔苦菜、洗衣服、藏猫猫、滑冰车；仿佛就在昨夜，我们还在一个炕上打打闹闹、说说笑笑，在月下数着星星，想着未来。麦场里留下我们的小脚丫子，石桥上有我们的小身影，跌哨泊里有我们欢乐的笑声，苏家河的山山水水里都有我们的纯真童年。那些说不完的话，那些叙不完的情，那些离别后的思念，都在那一刻毫无保留地迸发出来。苏家河，也许只有面对你的时候我们才会那么纯，那么真，那么更是我们自己吧！

重头戏是晚上的文艺演出，积极踊跃的人们早就摩拳擦掌、跃跃欲试了，我已经做好嗓子冒烟的准备了，这主持人怕是不好当！

夜幕即将降临时，浩浩荡荡的人群向戏台出发，因没有租舞台，我们就把舞台临时搭在了戏台上。晚会开始前，所有的女客集体合影留念，之后一曲《回娘家》为晚会拉开序幕。在彩灯照耀下，星空显得格外辽远。宣告晚会正式开始的烟花在天空绚烂绽放，遥远的天际，月亮格外圆格外亮，一如苏家河曾经的无数个月圆之夜。和弟弟上台之前，我还特意看了一下天空，那个儿时曾无数次仰望的夜空，那么深邃静谧，那么让人充满幻想。多年过去了，这轮故乡的明月在今夜尤其动人。在抬头、低头的瞬间，看到台下乌压压的脑袋和一双双真挚明亮的眼睛，这让我更加安心，台上台下可都是我的亲人啊，我与他们血脉相连，心灵相通！我生在这里，长在这里，这里有多双眼睛犹如夜空的星星一样，看着我们长大、离家，又回家。这里所有人都同我们姐弟一样，喝着苏家河的水，流着苏家河的血液。我的心里没有恐惧和担心，只有踏踏实实的安心，这是苏家河给我的坦荡和底气。

晚会的节目一个比一个精彩，有集体的、有个人的；有从小耳熟能详的道情小戏，也有新编自创的快板三句半；有集体舞蹈，也有独唱。每一个人都那么用心，那么卖力，仿佛我们在录春晚一样。就连观众都那么给力，爽朗地笑，使劲儿地鼓掌，适时地互动，仿佛我们已经排练很久了一样。最让我感动的是，他们都是背着太阳从东山送到西山的人，但是他们的脸上没有苦难的痕迹，他们的身上没有一点点的负能量。不论生活是怎么样的，他们都能用歌声、笑声和苏家河人闹红火的劲儿来面对。

凉风习习，灯光莹莹，我想不论是对于台上的还是台下的人，那都是苏家河最美丽的一个夜晚，它同那晚的烟花一起绚烂地照耀在我们心中的天空，成为我们最美好的回忆。

聚会回来之后的一个星期里，我还一直处于兴奋之中，一遍遍在群里翻看视频和照片。此时我才发现，自己一直忙着准备各项活动、安排工作等，因此很多活动我并没有亲身参与，心中不免有懊恼和遗憾。不过回头一想，有得有失。大家都那么开心，我辛苦一些也是值得的，组织这么大型的活动总是要有人付出的。好在视频记录了那么多感人的瞬间和美好的时刻，让我还能跟随大家一次次地感动，一次次地将自己深陷回忆之中。小心珍藏这些属于我们的瞬间，让美好在心间缓缓流淌，像门前的那条河，清甜、滋润，入心、入梦。

· 苏家河的河

# 龙　抬　头

　　龙是中华民族的图腾与祥瑞，同样，苏家河人也与它有着千丝万缕的不解之缘。

　　村里有两条小河，一条门前河，一条新庄沟河，两条河的交汇处就是人们所说的龙头。龙头是一块大石头，过去石头上天然形成的眼睛、鼻子、嘴巴、耳朵俱在，形象清晰逼真，仿佛人工雕凿一般。龙身在桥峁子上，龙尾从洞塌一直延伸到庙崖上面的脑畔山上。后来由于各种原因，龙头失去本来面目，只有龙身龙尾远望还可见当初的几分气势。

　　听老人们说，这是一条从草原来的草龙。草龙从草原一路奔袭而来，不曾休息喝水，它经过蛇沟，从我们脑畔山上下来，是准备喝水的。哪知探得草龙行踪的蛮蛮从草原一路追随到苏家河。

　　蛮蛮就像陕北大地上的吉卜赛人，在村人的叙述里，这是一类在陕北地区专门为盗宝、破宝而四处奔走的人。他们所到之处，不是挖断山脉，便是修庙建塔以破坏当地龙脉。更有甚者，巧取豪夺，盗不走的宝贝便会不择手段加以破坏。据老人们讲，蛮蛮多穿黑色或深蓝大襟褂，裤子肥大，裤脚扎束着。男子被称为"蛮汉"，女子被称为"蛮婆"，如今在陕北本土秧歌队中被大众视为小丑的丑公丑婆，其实可见蛮蛮遗存的影子。他们行走四方，以卜卦算命、禳灾祛祸、乞讨夺宝过活，甚至常以施法下咒来威吓主家。他们也有在陕北定居卜来不再流浪的，老家有句俗话："吓（方言音：hè）蛮书一本"，意为"不懂，不知道，两眼一抹黑"。可见蛮蛮在我们生活中留下的印记不少。

蛮蛮追草龙到苏家河以后，先是在龙尾上盖了一座桥洞，想要借此镇住草龙。那个桥洞就在现在的洞墕，据说几十年前洞墕的桥洞还在，有一年大年夜被水园子的疯子给拆了。在用桥洞镇压草龙的同时，蛮蛮又拿着小镢头天天去砍龙脉。龙脉是像桶一样粗的一根芦根，每次他们把芦根砍得剩下碗口粗，天就黑了，他们累了就去休息了。第二天起来龙脉又恢复原样，长得完好如初。如此反复几天，蛮蛮着实无法。有一天晚上，他们在庙崖这里听见草龙自言自语："刀不怕，枪不怕，就怕被崖上的冰草割一下。"蛮蛮们不知道冰草是什么，去问村里的受苦人，受苦人不明就里，便告诉他们冰草就是芦草。得了秘诀的蛮蛮们当夜拿着芦草叶子割破了龙脉。龙脉被破，草龙顿时鲜血直冒，血水流到河里被河水冲走了，其中有一滴血落在了清涧，就形成了清涧城。此时还未完全建成的苏洲城因草龙被破，一夜之间沟畔、石崖全部坍塌，形成一道石峡，苏洲城便也成了老人们的传说。据老人们讲，再有一个晚上草龙就喝到水了，那样龙脉就破不了，苏洲城也就能建成了。龙脉破了以后，新庄沟河当中、龙头跟前出现了一眼井，至今在河中央，夏天发了山水也不会被淹，冬天也从来不结冰，到如今还是汩汩而流，昼夜不歇。井水夏寒冬温、清冽甘甜，深得人们喜爱。

龙头跟前的石崖上有很多圆石镶嵌在青石中间，自然又突兀，颇为奇怪。老人常说："一块圆石一任官。"石崖上有多少圆石，苏家河就出多少人才。这个龙脉聚集的地方让苏家河的人们相信，我们是受到特别眷顾的，这一奇特的地貌也留给苏家河人很多美丽的传说。

每逢二月二，村里流传着很多的祭龙护龙的习俗。俗话说："二月二，龙抬头。"在这一天里，人们最熟知的习俗便是理发，寓意剪去烦恼，一年顺遂平安。在苏家河我们过二月二的习俗还不尽如此。

旧时，每逢二月二，苏家河会举办老公鸡会（又叫公祭会）。在这一天，人们敲锣打鼓闹秧歌、唱道情，祈福消灾。老公鸡会从二月初一就开始了。初一晚上，男人们上祭风雨圪垯去祭风雨。据说祭风雨拜的是风司婆婆，目的是祈求一年风调雨顺。祭风雨上山前，人们会砍一些柠条圪针，提前放在山顶的固定地方备用。山顶平坦的地方有一个大圆圈，圆圈四方插四面旗。人们随身带着几个罐子，里面分别装上清水、五谷等祭祀用品，另带一只活老公鸡。到了山顶，先在大圆圈内点燃柠条圪针，然后斩杀公鸡并由一人大声诵读祭文，祭文是提前写好有固定模式的一套文本，如：

> 公元二〇二四年二月初一，陕西省子长市史家
> 畔乡苏家河村老公鸡会：上告西天佛祖、四海龙
> 王、山神土地及一切过往诸神，保佑我方四海升
> 平，马放南山，刀枪入库，国泰民安，无灾无难，
> 四季平安，风调雨顺，五谷丰登，合社村民安居乐
> 业，共度美满幸福生活！（苏功昌提供）

诵完祭文，所有上山的人绕着大圆圈顺时针转三圈，又逆时针转三圈，之后撒五谷、清水，祈求五谷丰登。最后年长的人还要站在山顶打黑云，先观察看哪个方向黑云动地，就朝哪个方向打土枪，为的是祈求一年里不要下歪雨、冷子（冰雹）等。去祭风雨圪垯的一般是纠首和村里的一些年轻力壮的后生们，人数约四五十个，女人们是不允许去的。从山上回来以后，这一夜的活动还没有结束，还有一项全村瞩目的仪式：打龙眼纸。

打龙眼纸来自一个传说：龙王巡游天下，因喝酒误事，造成天下大旱，被降罪重罚。从此以后，每年二月初一午夜，村民们都会到龙眼泉山峁上打开龙眼，祭龙升天，提醒龙王不要再错过春耕时节，按时布撒雨露。打龙眼纸必须在午夜，事先备好碾架子、上扇磨盘和黄白表纸。先撒五谷辟邪，然后打醋炭（指在铁勺上放一块烧红的煤炭，再浇上醋）引神，点烛烧香敬神，香烛需一夜不火。等半夜公鸡打鸣时，一声鸡鸣后，打龙眼纸的人便会手持木棍，把放在磨扇上的黄白表纸在四角和中间各打一下。打好的龙眼纸在第二天分发给各户村民。据说，龙眼纸有除祟驱邪的功效，家人有个头疼脑热、邪神撞客的可用龙眼纸擦身陌送，若遇着歪雨、冷子，也可用来祈祷风平雨静。

二月二的民俗活动在农耕地区都和农事有着密切的关联，苏家河也不例外。据奶奶讲，这一天老家人还会炒豆豆和糕泡泡，谓之"焙虫爪爪"。奶奶说炒了豆豆，虫子就不吃庄稼了。大概老人们认为把虫虫爪爪炒掉了，所以它们没办法侵害庄稼了。炒豆豆时，人们通常在院里春锅（春夏天气变热时，在院子里搭的灶台）上放大铁锅，锅里盛黄土面，用柴火将黄土炒热。细细的黄土炒得如趵突泉一般冒泡，然后倒进去各种谷物、豆子翻炒至开花，吃着有黄土的香味。一般可供人们炒的有黑豆、稻黍、玉米等。炒糕泡泡是把过年留下的素糕（没包枣、没油炸过的米糕）加热变软，稍稍冷却之后切成拇指蛋大小的方丁，放黄土里炒至表皮发白略焦。炒熟的糕泡泡外形膨胀，刚出锅时皮脆里酥，放凉更好，咬起来嘎嘣脆，吃着有甜丝丝的香，米香味中略掺一点黄土的焦香味，是我们儿时的美味零食。

在我们村，还有一些关于二月二农人们护龙敬龙的传说。人们认为龙王司雨，在我们这些靠天吃饭的干旱地区，雨水显得尤为重要，这也是陕北地区几乎村村都有龙王庙的原因。传说天下大旱，民不聊生，主管降雨的玉龙见饥民饿殍惨不忍睹，他心生怜悯，背着主管三界的玉皇大帝私自降雨，因而触犯天条，被玉皇大帝打下凡间受苦，并说只有金豆开花，玉龙才可以重回天界。就在二月二这一天，太白金星可怜玉龙为人受苦，便化作一个老太婆来到凡间，他背着袋子，袋子里装着金豆（指黄豆一类的豆子），边走边将金豆故意遗落在路上让凡人捡拾。凡人不懂，他便教凡人把豆子放锅里炒炒便可以开花。人们不信，拿回去一试，果然开花。太白金星便回天庭禀报玉帝：人间遍地金豆开花。玉帝只得将玉龙召回天庭，镇守天河。所以人们说"二月二，龙抬头"，指的是在这一天玉龙难满回归天河。感恩玉龙的人们在这一天敬龙护龙，老家人还有在这一天里不动针线，怕伤了龙眼；不推碾磨，怕砸到龙身等习俗。

这个传说里讲到的金豆开花，和老家人的"焙虫爪爪"这一习俗基本一致。我想这是因为在那些艰难的岁月里，在那些现代人认为蒙昧落后的乡村里，祖先们对自然、对万物都有敬畏之心，他们用这些看似毫无关联的行为祈求一年农事顺利，有个良好的开端吧。在残酷的自然环境和长期民族冲突的前沿地带生活，他们更懂得如何协调自己与身边的环境，他们虽虔诚、卑微地与自然和谐相处以求生存，却永远生活得火热而赤诚，仅是在二月二这一天的活动中，就可见他们丰富而多彩的生活的一面。

（本文玉龙传说由苏正明讲述，老公鸡会由苏永红讲述，"焙虫爪爪"由高俊莲讲述，苏家河草龙故事由苏卫讲述，打龙眼纸由陈耀讲述）

# 过　大　年

　　一入腊月，苏家河的人就开始忙起来了，他们主要是忙着准备各种年茶饭。不论何时，吃都是庄户人家的头等大事。

　　爷爷说，一入冬，便是漏粉的好时节，苏家河的人尤其擅长漏粉。你听："苏家河好庄庄，家家户户把个粉推上，浆水倒在个当路上，把大老爷擦倒再算账。"路过的外村人边小心翼翼地在浆水结冰的路上行走，边编排这顺口溜骂着。一看倒满浆水的马路就可以知道，苏家河有着优秀的漏粉手艺人，因此几乎家家都在推粉漏粉。

　　漏粉首先要推粉，推粉就是从洋芋里面提取苁面的过程。老早推粉完全靠手工，先把洋芋在大石槽里淘洗干净，拿刀子扎碎放在石磨上一点点推，费时费力。后来有了手动推粉机，再后来有了柴油推粉机，效率高了，也省时省力。爸爸就曾有那么一台柴油推粉机。在奶奶家院里的梅杏树底下，爸爸站在机子跟前像摇拖拉机一样摇着推粉机扳手，随着机子发出"哒哒，哒哒"的声音，整个院子都被黑烟笼住了。这个吐着黑烟的新鲜家伙顿时吸引了一帮看热闹的娃娃。

推好的洋芋末要在罗上过，拿杵子杵下浆汁，剩下的粉渣经过晾晒可以用作猪饲料。沉淀在大陶瓮里的浆汁要静置一晚上，芡和浆水才可以彻底分离。舀去上面的浆水，剩下的芡面沉淀在瓮底下。取一块干净白布，四角用麻绳吊起，然后把沉淀下来的芡面刮到白布里吊干。芡要干透了才能拿来漏粉，漏粉的时候先把吊好的芡，用露酒瓶滚成芡面。然后放大盆里打芡，打好芡就可以上锅漏粉了。漏粉用的粉瓢是用瓢葫芦做的，瓢葫芦一劈两半，从腹部凿出的圆洞洞漏出来的就是细粉，想要宽粉就要凿成长方形的洞洞。就地取材是祖宗的智慧，在苏家河也不例外。

阿梅家的旧石窑常被当作村里的粉窑。一到冬天，这眼窑里整日炭火不息，烟雾大罩，漏粉的、相帮的，还有看热闹的和我们这些捣蛋的娃娃们，在粉窑里进进出出，这里俨然成了全村人的活动中心。爷爷是漏粉的好手，整个冬天，他基本都是在粉窑里度过的。爷爷常在粉锅边蹲着，身上只穿着秋衣秋裤，袖子撸到半胳膊上，一手扶着粉瓢，另一手在粉瓢边上均匀地捶打着。一瓢粉漏完时，他会迅速把瓢底还没入锅的粉搂回粉缸里。同样蹲在锅边上拿着长秸秸的人是给他打下手的，他一边不断地用秸秸拨动锅里的粉让其受热均匀，一边把早先漏进去的粉捞进一个冰水盆里。再由另一人把刚出锅的粉码好，码好的粉搭在粉棍上放进粉窑里冻着。爸爸说粉只有冻了吃着才利索好吃，因此冬天漏粉比夏天能省很多麻烦。冻了的粉还要经过洗、晾等多道工序才能成为我们常见的干粉。

每次进粉窑，先扑面来的就是满窑水汽和淡淡的硫黄味，只能听见几个男人爽朗的说笑声，往里走到灶火跟前才能看见漏粉的人。锅边蹲坐的，炕上圪蹴的，大家各司其职。奶奶常说爷爷的腿疼病就是漏粉遭下的。粉窑里太热，尤其锅边，大火烤、水汽蒸，酷热难耐。人穿得单薄，遇着外出解手什么的，总忘记添衣服，一出去，钻骨的寒气一下子就上身了，很容易遭病，记忆里爷爷的腿疼病是一直伴随着他的。爷爷常说，凡是五谷都可以推粉漏粉，老早粮食紧缺时，他们也用黍，或者绿豆加洋芋推粉，这样可以省一些洋芋。在干旱的陕北地区，洋芋适应性强，产量高、耐储存，且可当饭可当菜，是人们饥荒年馑时的救命粮，因此人们不敢过多浪费它做奢侈的粉条，加入其它杂粮。这是人们粗粮细作的智慧，也是不得已而为之。

刚出锅的热粉，浇上洋柿子酱汤料，淋上蒜汁，再撒上葱花、香菜，是一道应季的美味。把出锅的热粉焖（闷）在盆里，让其粘连在一起，虽看起来还是根根粉条、纹理清晰，实则已成为一整块，类似荞面凉粉，不过口感更加筋道有嚼头，是谓"焗粉"。焗粉工序繁杂，人们只有在漏粉时才会顺手做一点，稀罕便是美味。

对我们小孩子来说，漏粉还有另一个乐趣，那就是吃漏粉人打好的冰。敲成碎块的冰块在阳光下像钻石一般闪闪发光，放到嘴里凉丝丝、甜津津的，吃下去肚子里却是暖烘烘的。

男人们忙着漏粉时，女人们也没有闲着。年茶饭得一样一样地准备，家里的活计得一件一件地做。从进得腊月开始，哪一天泡豆子生豆芽，哪一天磨豆子做豆腐，哪一天泡米压面做油馍馍糕，都得在心里有个盘算。

外婆是做豆腐的好手，头天拿晒干的黄豆在碾子上磨成豆黄，去皮泡上。第二天要在磨上把豆黄磨成豆糊，天太冷了，磨很容易就冻住了，要不停地用开水浇磨眼。磨好的豆糊和上开水，在面布袋里揉着过渣，然后把过滤好的豆汁倒锅里煮，煮到一定的火候用卤水点成絮状，舀出来放在铺了笼布的筛子里，挤去多余的水分，热腾腾、白嫩嫩的豆腐就出锅了。刚出锅的热豆腐切片捣上蒜，炒点洋柿子酱蘸着吃，是人间美味！有童谣为证："捞捞饭打豆腐，锅圪垯里坐个老害货，想吃两碗热豆腐。"可能对于没牙的老人来说，难得一吃的热豆腐更是具有致命的诱惑力，以致让他们惹人嫌了。

过年时必不可少的年茶饭是油馍馍和油糕。首先，将滚好、泡好的酒谷米在碾子上压成米面备用。糕要上锅蒸，将糕面沾水撒锅里，用大火蒸熟，再趁热揉好，包上提前准备好的枣泥，卷成四方的长条，放凉备用，炸时切片就可直接下锅。油馍馍就比较费事了，米面分为四份，一份上锅蒸熟后，再和另三份一起和面，和好的面要发酵一晚才能用来炸油馍馍。捏油馍馍时，人们习惯叫上相好的几家婆姨媳妇给帮忙，从鸡叫半夜捏到太阳高升，还不得停当。油馍馍要捏成圆饼状，中间用顶针套开一个洞，像一个放大版的铜钱。人们把美好的希望寄托在这一朴实的吃食当中，让平实的日子变得活色生香。油馍馍俗称油呼兰，是为蒙语，呼兰是圆圈之意。院里台炉上生着蓝炭（子长煤田产出的一种优质煤炭，煤炭燃烧后还可二次燃烧，且无烟）火，风葫芦（鼓风机）慢慢地吹着，油锅子一炸就是大半天。刚出锅的油馍馍被油吹得胖乎乎、圆滚滚、金灿灿的，闻起来米香扑鼻，咬一口软糯香甜。爱好讲究的婆姨们对油馍馍的形状有股执着的追求，刚出锅的油馍馍被给予特别的照顾，不能受到丁点的挤压，直到油馍馍冷却定型。冷却了的油馍馍也要保持圆鼓鼓、胖乎乎的模样，这样才显得女主人手艺好。把炸好的油馍馍一个一个挨个摆放整齐通常是小孩子的差事。对于小孩来说，捏油馍馍和摆放油馍馍实在是件无聊苦闷的差事，是过年的噩梦之一。捏得头皮发麻，昏昏欲睡，可是盆里的面依然不见少。摆了几簸箕几簸箩了，还是源源不断有新炸好的送来。大多数情况下，小孩子会选择罢工、溜之大吉了事。有时炸完油馍也会炸糕角，用素糕做皮包上枣泥或者酸菜洋芋豆腐馅，放进油锅里炸至表皮金黄酥脆。尤其是酸菜馅的，酸菜中和了油脂与糯米的油腻，咬一口，皮脆里糯馅酸爽，真是年节里寓意吉祥且难得的美味。每到炸糕环节，这一天的劳作算是到尾声了，女主人烩一锅素菜，就着现炸的油馍馍油糕犒劳大家，庄户人家爱分享，新做的茶饭一定要给左邻右舍送点，这也是一种礼尚往来。

年越来越近了，接着就要开始大扫除了。选择晴好的天气把旧的窗户纸撕掉，刮掉窗棂上的旧糨糊，扫掉一年里落积的尘土，再把窗户纸裁成大小合适的纸糊上去。糊窗户也是技术活，糨子打稀了不行，稠了也不行，窗户纸绷紧了不行，松了也不行。糊完了窗户，就该打扫打扫窑里的卫生，洗洗浆浆，缝缝补补。忙忙碌碌中不觉年关越近了。

到了腊月二十三，家家户户要送灶马。灶马爷是我们的家神，掌管一切家务事，神位就在锅台边上。这一天，灶马爷要上天汇报一家人一年来的情况，因此人们都很重视，烧香磕头，祈求灶马爷能回天宫多说好话。民间有"女不送灶男不拜月"之说，送灶马的都是家里的顶梁柱。在灶马前奠酒，点香，香要从窑里往外点，因为是往外送。从灶马怀前到门神，再到门外的天、土地神位，青龙白虎和牲口圈，最后到院门豁子上，一处都不能落。舀一碗水、一碗黑豆，在黑豆上放三根干草圪节，再放在灶马怀前，灶王爷起身要给马饮水、吃草料了。然后在烧表的同时嘴里念叨"三根好柴一股烟，我送灶马早上天。见了玉主早报到，要保家人四季安"等祈祷语。

过了二十三，该准备的年茶饭基本准备好了，就剩做八碗了。人们会赶着年关前的最后一个集市去买鞭炮、蜡烛、香纸，顺便割猪肉，再杀几只大公鸡做八碗。传统八碗是几种肉菜的统称，一般包括丸子、酥鸡、酥猪排骨、酥猪肉、炖肉和烧肉等，都是提前做好，吃时放大海碗里炘热，每桌八碗，因此得名。过去只有在红白喜事和过年时才能吃到八碗，因此行门户、赶事情（即参加红白喜事）也被人们形象地称为"吃八碗"。过去，在一些苦焦的地方，人们还吃"手动八碗"，八碗不上桌子，只给每人碗里舀一些，再加些煮好的粉条，浇上调好的酸汤，像现在的丸子粉汤一样。这是在经济条件不允许的情况下形成的一种待客之法，这样招待客人实属无奈，但也可以照顾主家的面子，不至于出现吃塌火的尴尬局面。

转眼到了过年这一天，爷爷会早早起来先放一挂鞭炮。等吃过早饭，男人们就拿着奠酒、纸钱、鞭炮、香烛和各种吃食，给老家亲上坟烧纸去。老家讲究不空心烧纸，烧纸必须要在前晌。一早上，远远近近的山上都是鞭炮声，人们用鞭炮声叫唤老家亲也来飨点人间烟火。爷爷烧纸回来以后，我们就开始打扫院子、硷畔。从院子、硷畔到路上，里里外外都要扫个干干净净，然后贴对联。我抹糨子贴小贴，爷爷贴大对联。灶马是一家之主，一定要第一个贴；炕对面墙上是"抬头见喜"，从门里出去天、土地神位各一个贴；碾子、磨上分别是"青龙大吉""白虎大吉"，不能搞混；驴槽上是"水草通顺"，鸡窝上是"鸡肥蛋大"，猪窝上是"六畜兴旺"；硷畔豁子上是"出门见喜"，坡底下的井子上是"细水长流"；最后茅厕的是"讲究卫生"……——认认真真贴上。完了还要跑到别人家去看一番，瞅瞅有没有贴错闹笑话的，如果贴错了，能让我们这些只识斗大几个字的娃娃们笑几天。

到了晌午，简单吃一顿长杂面就开始准备年夜饭了。经过了近一个月的准备，这顿年夜饭显得就简单了。将提前做好的年茶饭放锅里炸热，然后炒一两个菜。一道经典热菜是宽粉猪肉炒豆芽，名曰：猪肉翘板粉。大概每个人的记忆味蕾里都有这一道妈妈的经典菜吧，这也是多少人家的共同味道。还有一道经典凉菜：拌三丝，将土豆丝、小豆芽、粉丝焯水凉拌，虽平凡朴素但也十分经典。汤是自己做的浑米酒，滚滚烫烫、酸甜可口，隐隐有一丝酒香扑鼻，是北方冬天暖心暖胃的家常饮品。这一餐看似简简单单，每一样吃食却又费心费力，因为来之不易，所以倍加珍惜。年夜饭一般掌灯了才开始吃，饭前也是照例先放炮。

吃完年饭，有待在自己家守岁的，也有出去找哥们儿喝酒唠嗑的，过年晚上不熄灯，家家户户窑里院外亮堂堂的。爷爷他们那辈人在过年晚上还有全村男人一起吃饭的习俗，这大概是农业合作化时代人们集体劳作、集体生活形成的习俗。到了父亲他们这一辈，村里的人多了，更重要的是实行了单干，人们对集体的依赖不是那么明显了，这一习俗也就慢慢消失了。

过年这一天，还有给娃娃们穿枣牌牌的习俗。枣牌牌是用红枣和干草秸秸间隔串起来的，在末端缀上彩色布条、蒜瓣等用以辟邪。穿好的枣牌牌缝在娃娃的肩上，两边各一串，挂了枣牌牌的娃娃走起路来摇摇摆摆、一甩一甩的，可爱又神气。

过年晚上，人们还会在门圪垯里立上擀杖和刀子，在门肩胛上放枣山、冰块和炭，在窑里、院中打醋炭，这些都有辟邪、祈福之意。更有讲究的老人会在这一晚上冻个年头碗。即在碗里放水，把水放在院里的磨盘上冻。据外婆讲，冻水碗也可以在冬至和腊八，人们根据水碗冻的程度、形状判断来年的收成，所以叫做冻年头碗。水碗如果冻得实实在在的，说明来年会是好年成，如果冻成空的，说明来年年成不好。有时水碗会冻得冒起疙瘩，疙瘩在哪个方向说明哪个方向年成好。这些都是爷爷辈过年的讲究，现在的年轻人大多不会做年茶饭，甚至都不知道有这些习俗。

熬过了除夕，就到了初一，据说初一的饺子吃得越早越好，所以人们总是半夜三更就起来包饺子。过去的生活虽然苦一些，难一些，但农村人对于任何事都有股执着劲儿，这股劲儿正是我们今天的年轻人应该学习的宝贵财富。

吃了饺子，初一不出门、不扫地、不动针线。人们都闲着，串串门，拉拉话，打打牌。老汉们梦胡，男人们打百分，婆姨女子掀棋棋（陕北地区的一种棋类游戏）、聊天说地，娃娃们是"解放"了没人管的，到处窜着玩。

初二开始，庄里的锣鼓家什就响动起来了，爱红火的人们出洞了。水船、竹马、狮子统统舞弄起来了。丝弦一响，披挂上阵，再来几弯道情，正月里的红火就此拉开帷幕。初五接五财神，初六过小年和过年一个样。初七观灯转灯场，初八闹秧歌看秧歌，到了十五就过十五。到了十六，跳火堆燎百病、烧着吃面圪角，到二十三再打一次火堆，这是打给鬼的火堆，一直到过了二月二，这年才算是过完了。

受苦人一年里生活苦焦，也只有从腊月到正月的这段时间里，他们才能稍稍消停一下。但是在这些日子里，他们并没有完全闲着，他们每做一件事，都把对美好日子的向往点点滴滴藏在这些微小的生活细节里。他们勤劳隐忍，能吃苦也乐观。我常常想，年复一年，日复一日，那些可爱的人们在腊月里精心准备了各种吃食，而正月里那一声声的锣鼓，则敲醒了苏家河儿女们一个个美丽的心灵，也让每一个苏家河人的脉搏随着那铿锵有力的节奏而跃动。那些年茶饭，那些鼓点锣声，还有那些不知疲倦的欢乐劲头，让我们在一生里懂得前进，也知道后退，爱自己也爱生活，永远平凡却炽热。那温暖的美食，那火热的场面，让我们在今后的人生里不论走多远，行多久，枕边都是苏家河的梦！

（本文漏粉过程由苏永兵提供，做豆腐过程由冯玉英提供，祭灶马过程由王生光提供）

苏家河的河

# 雨从故乡来

"天旱了，火着了，那沟里的寸草晒干了，牛羊畜牲饿坏了，玉皇老爷，救万民。天旱了，火着了，五谷青苗晒干了，阳洼洼上的青苗晒干了，背洼洼上的青苗也缓不转头了，当圪梁梁摞下两畔畔，过来过个哟风拧断，快行的普雨你就快救人，清风细雨要下脱笼，锣一声鼓二声，嚎哇哭叫不安生，玉皇老爷你显上灵，早显下灵神早安生。"

太阳毒花花地烤着大地，河滩里传来娃娃们一声又一声的号叫，大人们却无动于衷。顺着碥畔下去，在河边的空地上，一群头戴柳梢帽的光不溜的娃娃，正被一个稍大点的娃娃用沾了河水的柳梢不断抽打着，娃娃们一个个放声号着、叫着、呐喊着，有真也有假。

祖先的智慧在于，他们由己及彼地认为娃娃的哭声最能打动人心，所以他们认为这哭声同样也能打动神神的心。因此这场祈雨的主角便出现了。

一群娃娃由年龄稍大一点的带着，拿着碗挨家挨户要来米，然后带了锅具在河边挖个灶，把米煮熟给大家分着吃了。吃完米饭，娃娃们的任务才来了。他们要脱得精光，在河畔上边哭边喊着和龙王爷要雨。哭不出来就想办法让他们哭，要哭得真，哭得凄切，哭得让龙王老家儿心动心疼才行，于是开头的那一幕就出现了。

这便是儿时记忆里关于祈雨的一个场景，相对于陕北地区普遍存在的抬楼子祈雨，老家的这一祈雨方式只算是祈雨的一个儿童版吧！

我的老家苏家河村地处延安与榆林交界处，是农耕文明和草原文明冲突与融合的地方。这里属于干旱少雨的地方，只是村里处处有泉水，又有两水绕村，我们对水的渴求可能没有其他一些更为干旱的地方那么强烈。因此从我记事起，村里没有进行过类似纪录片里的那种悲怆而又绝望的祈雨，只是村里每年敬龙王和关公的放牲活动却是从来没有断过的。

村里每年放牲两次，一次是有确切日子的，在农历五月十三。据民间传说，农历五月十三是关公关老爷的生日，也是他赴"单刀会"的日子。关公赴会前要磨刀，这一日又叫"关公磨刀日"。磨刀用水从南天门处降下凡间，若人间在这一天下雨便是风调雨顺的吉兆，因此五月十三也被称为"雨节"，农人有"大旱不过五月十三"之说。人们选择在这一天里放牲也是祈求关老爷多加照料。还有一次放牲是在立夏以后，不拘哪天，一般也是视天气干旱程度而定。两次放牲的过程都是差不多的，都是由纠首负责的。

准备放牲时，纠首先把猪买来，买回来的猪并不是直接就杀了，既然是敬神，肯定是神神先飨用，这一过程就是领牲。纠首先到庙上神神跟前烧香磕头，然后回来又烧黄纸、点香，把烧酒灌进猪耳朵里。当看到猪摇头掼耳，浑身直发抖，就预示着神神已飨用，这时才可以杀猪，杀下的猪全村人分肉是为分牲。

在过去苦焦的日子里，放牲不仅仅是敬神，同时也是在热熬熬的天气里，给受苦人的吃食增加一点油水，解一下大半年不见荤腥的馋，所以人们对分牲也比较看重。纠首负责买猪、叫杀猪的、分猪肉等，相当于总管，猪钱还是挨家挨户收起来的，并不用纠首支付。杀好的猪一定要按照肉、油、骨头分别均等剔好，然后挨家挨户打发人去领。也会有难说话的挑毛病，不是嫌骨头多了就是嫌油少了的，不过那都是极其个别的现象。大多数都是相当朴实好说话的，虽然自己出了钱，但是仍觉得是沾神神的光才吃上肉的，所以不会计较太多。

有一年夏天，前桥上放牲了。太阳红彤彤的，爷爷慢慢悠悠地去，慢慢悠悠地回来。他回来时从大爷家豁子里进来，手里的麻绳上穿着薄薄的一片肉。爷爷把那片肉放在大爷家磨顶上，圪蹴下开始抽上他的烟锅了。边抽边慢腾腾地对大爷说："咋就是敬神神了？这么大的庄子一个猪哪够吃，抢不分明。等看放牲了之后下不下雨？再不下个饱墒雨，今年的庄稼眼看不顶事了，地里的苗子都卷筒筒了。"

那片肉不够一个老后生吃一顿，顶多就是给庄稼人碗里多添一点油星罢了。但是对于靠天吃饭的人们来说，他们别无选择，他们希望以这样的方式博得老天的眷顾和龙王的垂怜，下场饱墒雨，庄稼有希望，受苦人才有盼头。

曾经这里十年九旱，很多老辈人的记忆基因里都有了对年馑的恐惧。那些吃树皮草根的日子，甚至于吃人的记忆也是随着老辈们的"西游"一代代流传下来，我便听到过这样一个。

也是干旱闹饥荒的一个年头，村里某人到镇上去赶集，回来时渐走天渐黑了。那时在月下赶路是常有的事，村人也不怎么过于在意。走着走着，因早起吃得不硬实，那人感觉又累又饿，想找个地方歇息一下，远远望见前面塄口处有一盏摇曳的灯火，那人便紧走几步上前去想要凑近烤火歇歇。走近了才发现原来是四五个人围着一个火堆坐着烤火，村人正要开口打招呼，却发现身边的人都没有眉眼，他吓坏了，拔腿就跑。也不知跑了多久，正在他又累又渴时，看见一个村庄，他想讨口水喝，就走进一家院里，有个男人正在院里"噌噌"地磨刀，看到来人很是热情，再三让进窑里，不仅端来一碗水，还满满地盛了一碗黄米饭扣肉菜。村人饥渴交加，没多想便狼吞虎咽吃起来，边吃边听见院里的男人还在"噌噌"磨刀，那声音，好像每一刀都磨在村人身上一样。村人心头一紧，觉得不对劲，这年头吞糠咽菜都不得饱，还有人给生人吃肉了？心里正嘀咕着，转头看见门圪崂里立个人。再一看，死的。村人心中一惊，这时看见院里磨刀的男人已经磨好刀提着往窑里来了。村人心中一个激灵反应开了，把碗一甩，撒腿就冲出窑门。院里的人不防备，没有拦住他。村人不敢停歇，又一口气跑了十几里地才回到家。据老人们说，吃了人肉的人浑身没有劲，所以才拦不住村人。那时这样的"西游"在村里流传得很多很多，这些是苦难的烙印，也是苦难的记忆。

面对这些苦难，人们自是想方设法节衣缩食，最大限度地存粮，用最苛刻最无奈的生存之道，小心翼翼地保全一家人的性命。这其中存粮攒粮最有道的，莫过于下沟里的一户人家了。几年前一个连阴雨的早上，这户人家的老汉发现自家两孔石窑间的窑腿子上塌出一个小窑来，窑口不大，只有一扇门宽一人高，显然是老辈人凿好的。老汉纳闷，这窑世代是自家居住的，从未听家中任何长辈提及有这么个东西，他凑近爬上一看，里面还不小，满窑窑的架囤。因年月太久，架囤上灰白的泥皮剥落，架囤也扭扭歪歪，看样子不止几十年了。老汉叫来子侄，帮忙把架囤清理出来，一架囤一架囤的粮食早已发霉变质。在岁月的鞭笞下，这些曾经籽粒饱满、有着阳光味道的粮食在阴暗的窑里慢慢、慢慢耗尽了一点又一点的能量和光泽，只落得一副灰白面皮和一堆做肥料都嫌寒酸的渣渣。带着无数的疑问，老汉一次又一次在自己的记忆里搜寻着和这个窑窑有关的记忆，终于有一日听得村中一位老辈回忆：这是在老汉的爷爷辈手上的事了吧。当时，连遇几个年馑，正是一年里青黄不接的时候，人们饿得脖子都长了。老汉的爷爷浑身浮肿，四肢无力，眼看着麦黄了，口粮有指望了，他扶着门央求老娘：把存攒的粮食拿出来吃一顿硬饭吧，不要再上顿下顿稀溜溜米汤和菜了，吃饱了再过几天收麦子才有劲。新麦马上就成了吃在口里的东西了，就不要操心了。谁知老娘态度坚决：粮食没有装进口袋就不算收成，明天收麦子都不行。看来只要饿不死，老太太的粮食是绝对不会出来的，那爷爷只得扶着墙墙坐下叹息。后来，麦子肯定是收了，但老太太的存粮还是没有拿出来，不知缘何，她竟自始至终没有告诉子孙存粮的地方。村里的石窑大多窑腿子特别宽，很多人家的石窑间修有小窑作闲窑存放东西。只是老太太将窑面子用和了麦壳的泥浆抹得光滑平整，她儿子如何能够想到就在眼皮底下藏了那么多救命的粮食呢。

时过境迁，真事也成了别人口中的传说，有了饭吃，谁也不会再把几十年前的传说拿来考究，只是时间给了他们的子孙一个可有可无的答案。小窑被清理出来安上门作了闲窑，老汉老夫妻俩每天在小窑里进进出出拿取东西，那些饥荒的记忆和被风化的粮食一样，仿佛是几个世纪前的事情了，那么遥远和不真实。

再后来，人们慢慢都离开村子外出谋生，再不靠天吃饭，村里放牲也由每年两次变成每年一次了。时间是立夏以后，流程和过去是一样的。很多年轻人虽然不在村里住了，但是他们的根、他们的魂在家里，他们对于村里的习俗都还是积极坚守的，每到放牲必会回去。

大前年，弟弟当纠首，该到放牲时，爸爸主张不要像过去一样挨家挨户收钱了。村里统共也没有多少户人家，且大多数是老人，就算给他们买着吃一点也是应该的，就当是孝敬了老人们吧！神要敬，人也要敬！爸爸破了多少年的传统，放牲吃肉才真正成了沾神神的光！其实哪有什么神，只有你虔诚如一，始终善良才会成为自己的神！我很感激爸爸总是不言不语就教会我们很多。

现在回想起来，那么多遥远的年月，从祖先到我们自己，在那些干旱少雨的夏天，到底有多少场雨是我们用虔诚祈求来的？只是有一点我很清楚，那就是这么多年来我们的虔诚，我们的卑微，我们对自然、对草木、对粮食的敬畏是由衷的。我们小心翼翼地遵守自然法则，我们纯朴善良，我们知道由己及人，爱人爱己也爱我们生息的土地，因此老天给予我们特别的厚爱，让苏家河人平平安安度过那些艰难的饥荒岁月！

那一场场及时而来的雨浇灌了苏家河的每一寸土地、每一棵庄稼，也浇润了每个苏家河人的心。

不知今夜是否有雨？如果有，那一定是从故乡而来！

（本文祈雨过程由苏梅梅讲述，放牲过程由苏卫讲述）

苏家河的河

# 背着太阳行走

春雨惊春清谷天，夏满芒夏暑相连。

秋处露秋寒霜降，冬雪雪冬小大寒。

——二十四节气歌

舅舅说："节气就是受苦人的节令，节令不饶人。"说这话时，舅舅已经不怎么受苦了，但是那些受苦的记忆却像是雪落入河里，虽然看不见了，但却已经深深融入他的血液。

从立春到雨水，天气开始慢慢暖和。受苦人说，水走浮头（水在冰面上流动之意），冰雪开始融化了，河里的水泛到了冰面上流走。这时受苦人已经开始忙着准备一年的耕种了，挖玉米茬子、送粪、翻地。俗话说："春打六九头，耕牛遍地走""惊蛰不站牛"。到了惊蛰，一年的耕种已经正式拉开帷幕。翻过地，豌豆、麻子、黑豆一一开始播种，老家人往往会在麻子地里套种黑豆以增产增收。

麻子是用来出青油的小麻子，比常见的当零食嗑的麻子要小。小麻子油呈碧油油的青绿色，因此也叫青油。将小麻子炒香，在碾子上压碎，放锅里熬出油，这是过去农家食用油的主要来源之一。出了青油的油汤下进去小米、豆子、洋芋块和酸菜等，慢火熬成麻汤饭。饱吸了油汤的豆子、洋芋软烂入味，油香味扑鼻，加上腌制的小蒜，让人好吃到停不下来。民间有"麻汤饭和小蒜，老婆吃了打老汉"之说，从中也可以看出来麻汤饭的标配是小蒜。

现在要吃一碗纯正的麻汤饭已经是难之又难了。在快节奏的生活里，不要说种麻子的越来越少了，就算是有麻子，谁有那样的心劲为了一碗麻汤饭，一道道工序不厌其烦地去做呢？那些文火慢炖，一做就是一整天的美食，只有在过去的苦焦岁月里，在受苦人为单调枯燥的生活增添一些滋味时，才能实现，所以这一美味现在更加让人回味无穷。说到麻汤饭，就不得不说一下小蒜。小蒜学名薤白，是一种野生的香料植物。它的叶子像葱一样呈筒状，但更细小；根部像小小的蒜头，圆圆的，没有瓣，有股子冲鼻的味道。吃小蒜的最佳时间是春秋二八月，俗语有"二八月的小蒜，香死个老汉"，说的就是这个时间的小蒜味道和营养最佳。人们会把小蒜刨回来洗净切碎，配上红绿辣椒撒盐腌上，这样保存的时间久。在吃面、烩菜、烧洋芋时加入一点腌小蒜能提味增香，增进食欲。

春分到了，但是陕北的天气并没有因为春天来到而真正暖和起来。一般清明前后桃花、杏花才开，妈妈说："二月里清明桃杏花开，三月里清明桃杏花不开。"到了清明才慢慢见到了春意，柳枝开始吐芽，桃花、杏花渐次盛开。但是霜冻和雪天随时会光顾这里的春天，往往有满树桃花、杏花一夜冻死枝头的情况出现。因此有"不过四月八，冻死黑豆荚"的说法。

清明是二十四节气里的一个传统节日，在我的老家苏家河，有一些和其他地方不一样的习俗——蒸子推（方言音：chuī）馍和花花。据说这一习俗是为了纪念春秋五霸之一晋文公的随臣介子推的。据载，晋文公回到晋国成为一方霸主之后，曾经的随臣介子推便退隐回乡，晋文公想要请他复出，他携老母藏入绵山。晋文公知他是至孝之人，想用放火烧山的办法逼他出山，不料介子推与老母都被烧死在绵山。后人为纪念他，便流传有在寒食忌开火做饭、在清明前蒸子推馍等习俗。老家所在的区域也被认为是北方清明寒食习俗的起源地之一。子推馍的蒸法和普通馍差不多，只不过发面要硬，蒸出来的馍馍筋道有嚼劲。子推馍比平时吃的馍馍大，上面有面捏的花花叶叶，出锅后用红绿颜料一点一画，看起来花花绿绿的，像是生机盎然的春天一样。老家人讲究在蒸子推馍时还要蒸一个特别大的，上面点缀的不是花叶，而是斗，斗里面放上一些用面捏的五谷，这个子推馍是捏给家里顶梁柱的。花花，也叫面花，捏法比较随意一些，用剪子、刀子、竹签、梳子等简单的工具，把发好的面捏成各种吉祥的花鸟鱼虫和十二生肖，再放上黑糜子或者黑豆做眼睛。捏好的花花放锅里蒸熟后，点上红绿颜料，在火上烤到焦黄，用绳子串起来挂着，可以吃，也可以观赏。如今，重耳川、大理河流域的面花节已成为每年清明节的不可或缺的活动之一，面花也成为非遗项目，得到重视和保护。

脑畔上的三奶奶是村里最为心灵手巧的人，一到清明，村里人都请她去给娃娃们捏属相，因此村里很多人的年龄她都记得。过去的日子苦焦，娃娃没有什么零食可吃，虽然是一样的面食，但是娃娃们都稀罕花花，因此有娃娃的人家都会捏很多花花。早早地发上面，约好村里心灵手巧的婆姨女子，一蒸就是大半大，灶上的火烧得旺旺的，满窑里飘着面香味，满窑里回荡着欢笑声。捏个属相，保佑家人平平安安；捏一只雀雀，翅膀腾飞，栩栩如生；捏一条鱼，生活欢实有余；捏个蛇盘兔，家家富；再捏个猴骑马，马上封侯……每一样、每一件无不把婆姨、女子们对美好生活的向往表达得淋漓尽致。男人们将太阳从东山背到西山，女人们则在家把粗糙的日子精心打磨。那一个个或栩栩如生，或生动夸张，或质朴传神的花花里，有女人的慧心，也有黄土地的细腻与温柔，更有美好日子的千丝百结。花花是黄土高原女子精神面貌的生动体现，也是她们充满生机与活力的生活的写照。

除了子推馍和花花，有新媳妇的人家要给媳妇娘家捏一对抓髻，新嫁女儿的要给女儿婆家捏一对老虎。抓髻和老虎上面会点缀一对篮篮、一对石榴和一对鱼，点上红绿颜料，再用红线绑好送去，寓意生活美满、多子多福。

清明前一天是寒食，老家人讲究清明不烧纸，要在寒食给老家亲上坟烧纸。烧纸时要给老家亲烧猪头，猪头也是用面捏的，蒸熟了，不过烧纸用的猪头是不点红绿颜料的。

这一天，还会由两个迎人婆姨带上新媳妇去给老家亲烧纸，让老家亲认新媳妇。据说，如果不去给老家亲烧纸，老家亲就不认这个新媳妇。老家人还讲究寒食摊黄煎，清明不吃米，不捏花花，据说清明当天捏了花花要受闲气。

清明寒食荡秋千的习俗也是由来已久。相传，秋千为春秋时代北方的山戎所发明。开始仅是一根绳子，双手抓绳而荡，为的是采集高处的食物；又一说是让义士介子推的灵魂坐着秋千上天去。不论传说如何，荡秋千已成为人们喜爱的一项活动，尤其是妇女儿童。人们相信荡秋千可以祛除百病，而且秋千荡得越高，象征生活越美好。宋人李清照有词："蹴罢秋千，起来慵整纤纤手。露浓花瘦，薄汗轻衣透。"不同于词人荡秋千的慵懒，孩童荡起秋千来又是一番风景。清明回家，院里的一树杏花粉白。杏树下，爸爸为小侄女搭起了秋千架，从此安静的院子里童声飘扬，笑声不断。两个侄女在秋千架上轮番制造快乐，也为这个节日添了一分景致。

一过清明，有一样野味也吃不成了，那就是地软。过了清明，青草冒尖了，地软有了青草气，不香了。"清明前后，种瓜点豆。""三月种瓜踢蛋蛋（踢蛋蛋：形容瓜结得多），四月种瓜扯蔓蔓。"人们根据这些经验，开始一年又一年的劳作，种瓜种豆，种下一年又一年的收成和希望，种下祖祖辈辈血液里流淌着的太阳本色，朴实而又热烈。

紧接着是谷雨，玉米、谷子、豆类都可以播种了，又是一茬的忙碌。立夏之后，庄稼极需要雨水生长，这时村里就会举行一些祈雨仪式，比如放牲，让老天爷眷顾这片土地，赏点雨。天气已经开始热了，麦子渐渐黄了，但是还没到收麦的时间。等到了小满，豌豆可以锄了，也可以给庄稼上粪了。受苦人说："庄稼一枝花，全靠粪当家。"这一枝花指的是豌豆花，这时豌豆开始长出花骨朵，准备开花了。

"芒种前乱种田，芒种后只种糜子不种豆"，说的是过了芒种只能种糜子了，其他该种的庄稼基本就种完了。"芒种乱开花"，庄稼们都扬花了，日子一天天长了，一天天热了。夏至就这样来了，先是豌豆熟了，农人们饭碗里有了一种应季吃食：煮豌豆。那一把青翠的豌豆，自是夏日里的鲜嫩美味，自然的清甜中有一股回味悠长的豆香，口感清脆，最馋小儿。

"夏至十日麦尽黄，开过十日都上场。"麦子黄了，夏忙开始了，所谓"麦黄糜黄，绣女出房"，全家老少都出动抢收夏粮，人们要起早贪黑地从老天爷口里夺粮了。白面是受苦人一年里的精细好粮，因此收麦子、打麦子的过程也就格外隆重，每到收麦子时学校还有忙假。

在没有机械化农具的年代里，人们打麦子都是用连枷的。一场麦子铺上五六十捆，然后十几个连枷一起打。打连枷的人或者面对面站成两排交替着打，或者围成一个圈一起转圈打，通常要看麦子怎么铺就怎么打。站在麦场边上，只听见连枷"啪啪"有节奏的拍打声，麦子被捶打得一跳一跳地蹦着。太阳热烘烘的，汗水顺着人们落满灰尘的脸流下来也顾不得擦一把。有时候，一个体力不支的刚退出去，马上会有另一个接替刚才的位置。打上一轮之后，打连枷的人都退下来休息。旁边的婆姨女子还有闲着的男人们就会马上走上去，用木杈把麦子挑起来翻个个儿。麦场边上，绿豆稀饭、茶叶水、纸烟、旱烟等都是主家供应的，好让帮忙的人们吃好喝好，干活不撒赖。

奶奶在打麦这一天通常会做洋芋凉粉，配上面饼子，解渴也顶饱。洋芋凉粉是用自家推的洋芋荍面，在柴火锅上用擀面杖一点一点搅出来，摊在秸秸盖盖上、脸盆里晾凉，然后切片，浇上洋柿子汤，撒上韭菜，是炎炎夏日里的消暑美味，很受打麦人的欢迎。打麦子是体力活，只吃凉粉不耐饱，再用自家磨出来的细白面烙饼，在柴火锅里烙到表皮金黄，皮脆里绵，咬一口，满满的麦香味，都是主家的实诚款待。每次我都跟在爷爷身后去麦场送饭，爷爷担着凉粉，我提着一筐面饼子，一路走，一路的麦香味、饼香味，是我至今不能忘怀的童年味道。

打麦也有套上毛驴拉着碌碡压，压完了再用连枷打的，比直接用连枷打省力一些。但是用牲口有一个弊端，就是你不知道它什么时候会方便，因此一不小心就拉到麦子里了。有时，就算是发现了端倪也不一定能接得住，于是打麦子的过程就多了一些打骂和说笑！再后来有了拖拉机就省事多了，拖拉机套上碌碡趟省力又省事。一次，谁家在桥垴子上用拖拉机打麦子，碌碡没有拴牢，拖拉机的速度又快，结果碌碡甩到沟底的河里去了，也算是打麦过程中的一个小插曲吧。

这些小小插曲只能给辛苦而又爽朗的人们带来一点点休息和说笑的机会。而另外的一个插曲则是任何打麦人都不希望发生的，那就是突来的雷雨天气。眼看着马上就吃到嘴里的庄稼，在打麦的过程中被雨水和场（意为打湿）的事也是常有的。那时没有天气预报，人们只能根据经验观察判断，并且在打麦的过程中密切关注天气的变化才行。麦子打好之后就要扬场，需要风，于是麦场上就会响起一声声"呜——

喂——呜——喂——"的唤风的声音和一声声此起彼伏的口哨声，还有一声声接连不断的对风司婆婆的夸赞声。小时候，我一直觉得这可神奇了，我不明白他们说的那个风司婆婆为什么那么听他们的话，为什么只要那么一叫，风婆婆就来了？

扬场时，两个人一起用簸箕大的木锨把麦子扬得高高的，随着风一吹，麦粒落在了脚下，而其他的杂质则随风飘到一边。扬场的跟前还有一个扫场的，负责把麦粒归扫一堆。不管是扬场的还是扫场的，都是满脸灰尘像个土人，就这样，人们也都是笑哈哈的，麦场上一片欢声笑语。场扬完就该起场了，沉甸甸的麦子被装进口袋运回家，松软软香喷喷的麦秸则被挑起来，堆成堆放在麦场边上，不忙的时候背回去喂牲口或者就火。对于受苦人来说，什么东西都有它的用处，都不能随意丢弃，这大概也是老祖宗的生存法则之一吧，而父辈们也是将这一法则应用到了极致。

每年到了打麦时节，小瓜、西瓜也上来了，经常有赶着驴车沿村售卖西瓜、小瓜的。炎炎夏日，受苦人又在太阳下暴晒着，清甜多汁的西瓜成了麦场里的紧俏货。大方的主家一般不会吝啬那么几升麦子的，用新打的紧实而又饱满、粒粒芳香的麦子换上十几二十个西瓜，在麦场里杀开，犒劳辛苦帮忙的亲戚朋友们。一场饕餮盛宴在麦场上拉开帷幕，后生们不顾头上的汗珠子直流，一眨眼几牙子西瓜下肚了，歇一歇抽根烟还要继续吃。婆姨女子比较顾及形象，细吞慢咽，斯斯文文，生怕西瓜水流到衣服上，更怕吃得满脸红水让人笑话。老婆儿、老汉们没牙了，想吃也吃不快，咬过的西瓜和他们的牙一样到处都是缺口，西瓜水不由控制地从嘴里往出流，下巴上、衣服襟子上都是。他们本来就手脚不灵便，还要一手拿西瓜，一手不停地抹流出来的西瓜水。有爱开玩笑、能开玩笑的后生们就开始拿他们的这些爷爷们戏耍上了，麦场上响起一阵又一阵的笑声。还有那些碎脑子娃娃们，钻到人堆里拿了一牙子就啃，吃得满脸、满嘴、满腔子，西瓜水顺着脖子流到肚皮上，一块西瓜被吃得像狗啃了似的，最后还不忘拿西瓜皮洗洗脸，麦场上又是响起一阵笑声。人们吃剩的西瓜皮就丢给麦场边的猪呀、牛呀、骡子驴呀，所谓见者有份。

打完麦子，翻过的麦茬地里还可以种荞麦。农家有"一年不收二麦"的说法，麦子丰收了一般不会再种荞麦了。说起荞麦，记起一个谜语："红秆秆绿叶叶，三片瓦瓦盖房房，房房里面坐个白娘娘。"这算是我对荞麦的唯一记忆吧。

小暑、大暑是一年中最热的时候，也是庄稼生长的时节和下雨发山水的时节。农谚有"小暑大暑，灌死老鼠""六月里连阴吃饱饭"等，可见这时的雨水多以及雨水对庄稼的影响。一直到处暑、立秋，庄稼人难得稍微清闲一点，静静等待庄稼成熟，就像安静等待一个期待已久的金色梦一样。

白露前后，又到了种麦时节。"七月里白露后十天，八月里白露前十天"，说的是种麦的时间。种完麦子，秋分到寒露时节是一年中第二个忙节。"秋分糜子不得熟，寒露谷子等不得""秋分糜子寒露谷"，收完糜谷掰玉米、挽麻子、刨洋芋，最后是黑豆。"养过寒露不怨天"，寒露不养庄稼。到了寒露，庄稼基本一样一样收，一样一样往回背，每天和时间赛跑，把太阳累成一片焦黄。

等到霜降时，白刷刷的霜花洒满大地，庄稼已经全部收割停当，谷类、豆类也该拿到场上打了。这时村里到处都是谷物壳子燃烧的火堆的焦香味，那烟味笼罩着整个村子，不断向人们提醒每一个起早贪黑和丰收的日子。这时候，人们的睡梦里也飘着火堆里炒豆豆的香味，丰满而又富足。

等到一架一架的金稻黍（玉米）撂起来了，一筐一筐的洋芋倒进窖子了，一囤一囤的豆子冒尖了，一包一包的谷物拉回来了，闲窑里渐渐飘起了各种新收粮食的香气，立冬就到了。"立冬地不消"，意味着天气渐渐冷了。"冬雪雪冬小大寒"，雪的影子渐渐深了，冬的脚步渐渐沉了。这时受苦人也不出山了，白天借着日头把新打的粮食该推磨的推磨，该滚碾子的滚碾子，然后再抽袋旱烟，梦一场胡。晚上就着煤油灯，划拉几个金稻黍棒子，听一听地下猫捉老鼠的声音，盘算一下来年的光景。日子在棉衣棉裤里悄悄藏着就过了，转眼又是立春。"冬至百六是清明，九九三天是惊蛰。"又是一个轮回，又是一季绵长而又殷实的期盼，受苦人在二十四节气里生息，生生不息。

（本文随着节气种庄稼由王宝勤、王勤礼讲述，打麦过程由王红子讲述，清明习俗由张春雪讲述）

苏家河的河

# 回 乡 日 记

　　《苏家河的河》写到小一半，写不下去了，每天待在狭小的钢筋水泥房间里，除了和村里人打电话了解素材，就是面对没有感情的电脑，我的大脑有些不灵光了。回家吧，也许回去了，面对那山那水和那些人，我就有了创作灵感呢。此时正值清明，陕北的三月，春天才刚刚好，阳光煦暖了很多，风里都是春的讯息，一山又一山的杏花香雪闹春，正是回家好时节。

2020.3.29

　　昨天才决心回老家小住，一早忙着收拾一些生活必需品，联系好朋友的车，买些蔬菜、蛋奶吃食，联系好村书记苏永红大叔，就这样匆匆忙忙回来了。

　　当车子慢慢爬上漱线山顶时，远远望见褐色的山在脚下蜿蜒，心中涌起了那股熟悉的乡情。还是这条熟悉的路，还是这个魂牵梦绕的地方，苏家河，我又回来了！

到了村队部，放下东西，简单收拾一下住处，让我欣喜的是，真如大叔所言，一应俱全。朋友戏言，路遥当年采风怕也没有这么好的下处。从决定开始写家乡到现在，我才渐渐感受到我的根在这里，魂在这里。在这些天的写作过程中，不论我提出什么要求，不论我需要什么，苏家河的每一位父老乡亲都是鼎力相助。

带着朋友看看苏家河的山水，一路走一路说，一路遇见仍在家乡坚守着的那些人，乡情乡景一一涌上心头。

朋友从村里转回来就走了，我自己动手做了回家第一餐。稀饭有些稠了，掌握不了火候，菜炒得也不怎么样。大叔在坡底大叔家吃了，剩下我和少楠，一样吃得不亦乐乎，还给少楠的小狗也分食一些，两人一狗，乐趣多于食趣。自己动手，丰衣足食，有地方住，有饭吃，足矣！

饭后，我刚坐在电脑跟前准备写东西，村里人就来看我了。知道我们回来了，坡底的大叔大婶、对面的四大都来看望，冷冷清清的窑里顿时热闹了不少。大家家长里短说说笑笑，不觉时间已久。大叔古灵精怪的孙子少楠成了大家逗笑的宝贝，喜欢小动物的他知道爷爷要回老家，硬是跟着回来了，就为了看看老家的小动物。一到村队部他就拾揽到一只小黑狗，寸步不离地带着，抱着玩。我知道小少楠他心中并没有故乡的概念，老家、苏家河对他只是一个模糊的影子，我愿意为他们这一代人把这个影子描摹得更加具体生动，就如我们曾经拥有的一样。

此刻村里人都已回去了，留下我一个人和一首熟悉的曲调，在这寂静的夜里与电脑为伴。

从踏上回家路的那一刻起一直到现在，我的心里都没有平静下来，甚至有些迷茫不知所措。夜静悄悄的，只有那一首不变的曲调在耳边萦绕，站在院里，黑黢黢的山村在寒冷的春天里那么单薄无力。今天，当我笑着向朋友说起关于村里的一切的时候，那些美好，就像时光一样在我身边静静流淌，而留在我身边的只有眼前那些破败的墙垣、坍塌的窑洞和灰褐色的一座连着一座的山峁，就连往日明澈的小河也显得那么瘦弱无力，就连多少苏家河人日思夜想的那座石桥也显得那么苍茫。我知道我不能留住什么，包括自己的脚步，我只想用自己纤细的笔、小小的心记录下关于她的一切。

2020.3.30

早晨一睁眼就发现，昨天晚上担心的事果然发生了——村队部停电了！饭是没法做了，三个人很快就接受了这个现实，决定早餐泡桶面吃。

小少楠一起床就跑去看他的小动物，自己看了还不尽兴，跑回来拉着我说："姑姑，我带你去看大爷家的牛好不好？"一大早好像也没什么事做，我便跟着他来到大叔家牛棚里。小孩煞有介事地给我数了一番："姑姑，我大爷有十三个牛！"我想纠正一下他是十三"头"，一数却只有十头！没等我问，他马上说："还有三个在另外的地方，有一个小牛和牛妈妈，还有一个牛妈妈她的儿子死了，她生病了，我带你去看好不好？"看完了少楠心心念念的牛，叫上二叔找四大在手机上交电费，无果。二叔只好骑着摩托车去杨家园则镇上给我交电费。这时来了苏耀廷大爷，给我讲了一会古朝，想起对面就是崖窑沟，便和永红大叔一起去看看。

崖窑沟五叔家硷畔上杏花正旺，窑洞里已经不住人了，路都被荒草湮没。我们穿过荒草，远远看见有几个整齐排列的红胶泥峁子，在最后一个峁子的半洼上有个方形的洞口。洞口离地面很高，几乎直上直下，大叔说那就是我要看的窨子。大叔介绍说，窨子口小里面大，呈长方形。以前洞口外有很小的台阶，他们小时常常进去。我们从窨子对面的洼里上去的，无法到窨子跟前，更无法进去，远远望见洞口有坍塌下来的土。

窨子对面长着很多芦草，芦花在阳光下随风摆动。芦草很滑，我们没有办法继续往上走到离窨子更近的地方拍照。芦草下面的坡上种着油牡丹，已经看见紫红色的嫩芽冒尖

225

了，眼前的山呈现出一种人工凿刻的硬朗线条。

从崖窑沟下来，大叔因上面来人要招呼，我便一个人拐到吴家沟，寻找海眼。

这是我记忆里第一次来吴家沟，沟口很窄，刚刚能够容纳一人进去，里面却是另一番景象。看了这个地形，我想起战争中的口袋阵，吴家沟完全符合口袋阵的地形。一进沟口，里面是宽展展的平坝地，周围群山围列，沟里似乎比外面暖和，柳树格外绿，山坡上桃花、杏花正盛，只听得蜜蜂嗡嗡不停。坡上有一种麻雀大小、颜色漂亮的鸟儿，远处传来阵阵鸟鸣，离开土地太久的我并不知是什么鸟儿在歌唱春天。

走到一处，这里的黄土感觉像是石头一样，不过是那种很软的石头，介于石头和土之间的样子，灰黄的渣渣，一碰就碎。

走着走着一回头，发现六个山头整齐排列在眼前。可我用相机拍，怎么也不能把它们全部拍进去，摸索半天，居然在无奈之下学会了全景拍摄。其中一座山上有一个人工凿开的洞，里面不深也不大，不知道是干什么的。回来猜想，过去吴家沟种着芋子，应该是看守芋子的人晚上睡觉的地方吧。

远远望见沟掌了，一派桃红柳绿。山崖上不时会有一些洞，但是看样子是自然形成的，又遇到一座受到风化和流水侵蚀而形成的像锯齿一样的山。

到了老家人说的海眼的位置，虽然这里现在没有水泊，但是仍然是个下湿湾。可以看见地面比别的地方湿很多，甚至像刚下过雨一样泥泞的感觉，泥块上裂出好看的纹路。

回来的路上，远远望见另一个拐峁子处似乎有个天然土桥，爬上对面圪垯一看，果然有。站在远处拍了这张照片便下去了，这个天桥有用！

记得小妞幼时，老是半夜哭泣不止，老家的先生说要在一个"天赦"日子，找这样天然的桥洞钻过去，过一下关就好了。后来这么做了之后，的确好多了。

遇见谁砍好的柴火，整齐捆好在路边放着，还捡到一片有花纹的瓷片，权当作今天的意外收获吧！早上没有好好吃饭，胃疼得厉害。顾不上多看，匆匆往回走，遇见功昌大叔在照顾生病的母牛，又坐地边和他聊了一会儿天，收获不少。

大叔是村里的老伞头了，四书五经、古朝逸事、历史典故无不通晓。听闻我写作，他和我聊起了陕北作家路遥，让我诧异的是大叔把《平凡的世界》倒背如流，我不敢相信眼前这位坐在黄土地上的普通农民竟是如此热爱文学，看看、想想，他比我更有资格谈论《人生》和《平凡的世界》。

等我回到村队部，大叔已经进城送小少楠去了，前昌二叔也给我交电费回来了，来电了！洗洗做饭吃。那只小黑狗，少楠说大爷不会给起名字，他给取名叫小豆。它一直守在少楠住过的窑洞门口不愿意离开，看见我到门口来还狂叫几声不让进去。整整一下午，偌大的院子，小豆守着它只认识一天的主人住过的窑洞，我在自己的窑洞忙活，窑里窑外静悄悄的。正写着，听见小豆到我门口吃饭来了，我把剩饭倒在吃过的方便面桶里留给小豆，小豆吃我喂的饭，但是并不认我，在它心中少楠才是主人。

2020.3.31

昨天晚上7点多一点，我拿着本子和笔去找上面的卫大叔，出了院门正好遇见大叔，便一同到他家。大叔知道得很多，也谈得很详细，是个有心的人。说了一个多小时，看着大婶瞌睡了我不好再打扰，便告辞出来，大叔坚持要送我回去。走到院门口，听见窑里人声鼎沸，我走时没有关灯，为的是回来时能看见路。心里疑惑着，大叔也跟进来了。原来前昌二叔担心我害怕，过来照看，顺便带了村里的几个叔叔来转。来了发现我不在，他们就在窑里谈天说地等我。

他们一直在我这里聊天聊到11点半才离开，内容无非是关于苏家河的奇闻怪事、庄稼人的本职营生。村里现在最大的产业就是养殖，说着他们便拐到天气和牧草的种植上，几个人研究得不亦乐乎，品评着牧草的优劣，讨论着种一些优良牧草，研究着网上购物的方法，还不时向我讨教。我手头正好有电脑，就帮他们也查一查相关信息，看看网上种子的价格等。

说起自己拿手的东西，他们的话就更多了，我看大家干坐着，很是不好意思。走时我在水壶里煮了四个鸡蛋，我随口说了一句只有四个鸡蛋，便悄悄到隔壁窑里又取了四个放进去。鸡蛋煮好以后，发生了一件小小的事，我把鸡蛋在凉水里泡了之后，不管给谁他们都是极力推辞。我特别不明白，就算是他们真吃那么饱，对于受苦人来说一个鸡蛋牙缝都不够塞，他们是怎么了？我只得一个一个硬塞在手里，最后一个叔叔说："四个鸡蛋谁吃谁看？我不吃，我吃了你吃什么？"我才明白过来，原来他们只听见我说仅有四个鸡蛋，并没有注意到我又煮了一些，所以都推说不吃，这些朴实而又可爱的人啊！

本来打算写一些东西，结果聊天聊得太晚，昨天的东西都没有整理出来，日记也没有写完。


### 2020.4.1


昨天晚上，几个叔叔的手机查的天气预报结果都不一样，叔们都盼望着下雨，春耕需要雨了。

今天早上果然冷得吓人，我连门都出不了了，只得打电

苏家河的河

话让我妈送几件外婆的衣服过来。眼看着今天是哪里都去不了了。

　　功昌大叔一早开始舞弄他那老掉牙的铡草机，大叔已经六十多了，这机器他不怎么会弄，每次铡草都是儿子专门回来给帮忙。今天一点牛草都没有了，他试着自己鼓捣，还是不行！他只得叫了跟前的几个叔叔帮忙，一早上，我们便瑟瑟发抖地站在地头看他们收拾那个铡草机，最终还是大叔的小儿子带了人回来给修好的。我从王家圪台吃饭回来时，大叔还在铡草，看见我向我挥手说着什么，铡草机的声音盖过了他的声音，我便应着声站路边看着他铡了一会儿草。旧的铡草机再怎么不听使唤，大叔也舍不得换新的，修修补补，将就着还能用，能不花钱他们尽量不花钱，这些是受苦人的本分。几百块钱的新铡草机他舍不得买，但是几千块钱的生意，他说不做就不做了。大叔一辈子赶红火当伞头，前后里沟也是出了名的。今年正月别的地方庙会，出三千元让大叔去给唱秧歌，大叔本来应了的，但是庙会的正日子和村里的灯场正好在同一天，看着村里人忙里忙出弄灯场，大叔就反悔了："这钱挣不了了，村里搞红火，我怎么能走呢？不在咱们自己的彩门上唱两支秧歌，还叫过年吗？"大叔蹲地上一边抽烟，一边对我说。我问："三千块呢，不少呢，不顶你种半天地？""钱是个什么，还能挣完了？"大叔最终也没有去城里给人家唱秧歌，晚上的彩门上，大叔着实出了一番风头，人一高兴，腿脚也利索了，精气神也好了，唱秧歌都不气喘了。

时代一直在变，往好里变，可是对于大叔他们这代人来说，这个越变越好的时代一点都不友好。尽管他们中的很多人都曾经是村里的能人，但信息化已经把他们越甩越远，让他们逐渐感到力不从心了。

在外婆家吃过饭，天上逐渐飘起了叔们盼望的小雨，我顶着雨又返回苏家河。今天既没有到山里去，也没有找到任何素材，回来的时候想着路过旧院子再拍几张照片，正好大叔昨天晚上讲的一些素材可以用。

一路走，一路拍着便回来了。经过儿时经常玩乐的小院，人离开了，桃花杏花却年年应时盛开。后硷畔的石碾子在雨中默立，曾经人声鼎沸的下庄里的活动中心，此刻却是阒然无声……

正写着，叔们又来"报到"了，窑里又热闹起来了！

2020.4.2

昨天晚上，大婶子说早上空气特别好，今早我就勤快了一下，早早起来爬山去。昨天刚刚下过一层雨，山里雾蒙蒙的，空气里都是水汽的味道。

塌里的梯田种了一些油牡丹，都开始长出红色的嫩芽了！荒草间不时有惊起的鸟儿，我能叫出名字的有锦鸡、鸽子、水雀，剩下的用大叔的话都统称为"巧巧"。

才爬到半山，看见底塌里来了几个人忙着平整土地，便又跑下去看，完了回来做饭上课，忙到中午12点多了。

这几天，保卫三叔说好带我去龙王庙圪垯看那个石过洞，前天风大他不让我去，昨天小妞没有人照看，今天和小妞商量好她自己一个人在院里和小豆玩，我准备去，何况今天出太阳了。

临走，小妞又反悔，要和我一起去，只得带着她，一出门，碰见二叔，说不敢带，路不好，又把小妞丢给二叔照看，我才一个人走。

三叔已经在对面山上喊着给我指路了。顺着村队部对面的山圪梁我一个人慢慢爬着，要说路根本也没有什么路，都是羊踩出来的小路，我心里庆幸着没有带小妞。一路圪针柴草牵绊着，我一边喘气一边不忘左顾右盼着。越往高爬，越看见远远近近的杏花在黄褐色的山坡上到处绽放，柳树隐隐约约泛着绿意，点缀着山村稍显单调的春天。风呼呼地扫过群山，扫过树林，扫过我的脸，耳边尽是唰唰的风声。

三叔在不远处等着我。

一直到亲眼见到他们说的过洞，我才明白是怎么回事。这根本就是一个寨子，所谓的过洞就是寨门。从上面看，洞口已经被我们这里叫作"木楞楞"的一种爬藤植物网住一小半。不要说洞子和石头了，就连木楞楞都显得那么沧桑。

沿着洞子是一圈土筑的墙。三叔说这墙围绕着整个山头，这里是唯一进口。由于年代已久，土墙有些地方已经坍塌，甚至长出草木。由于草木长得太深，我没有办法绕着土墙走一圈，就走了一段拍了一个小视频。想着找一点能证明寨子年代的东西，但是草木茂盛，我无从下手，只得作罢。

站在龙王庙圪垯，整个村子尽收眼底，三叔热心地给我找适合拍全景的地方，我们用全景拍了几乎全村的窑洞之后，沿着羊肠小道下山了。

还没有下山，大妈打电话让我到她家吃饭来。知道我回来了，她专门去村队部找我，没有找到，就问了小妞我的电话打给我。大妈家正在整修脑畔，彩钢的房顶崭新亮眼，就连那几孔窑洞也被加持得变漂亮了。两个姑姑忙前忙后做饭，大妈家今天的饭真的是用来招待贵客的，轧饸饹、跌鸡蛋（荷包蛋），吃得小妞直拍肚皮。

吃了饭聊了一会儿，带着小妞回去，临走还顺走大妈的一只陶罐。

2020.4.3

昨天晚上，大姑和她儿时的几个伙伴回家来了，村里的叔叔婶婶们又到我这里，家长里短、红火热闹地说笑了

·苏家河的河

大半个晚上。时间总是在快乐的时光里显得稍短，不觉又是深夜。我又累又瞌睡，直到凌晨1点多，他们才不尽兴地散了。

今天一早，大妈又来叫我们吃饭，一帮人又去叨扰大妈。回家了就这样，这家叫吃饭那家叫吃饭，老家人用他们最简单最朴实的方式，接待我们这些所谓的出门人。

今天寒食，回家烧纸的人多了，还没有吃饭，远远近近的山上不时传来阵阵鞭炮声。马路上来往的车子也多了，都是回家上坟烧纸的人。大姑催促着让赶紧吃饭，完了要去给老爷、老奶和爷爷烧纸了。今天又有两座山要爬，昨天累了加上晚上没有休息好，我是一点力气都没有了。

我几乎是眯着眼睛爬到山上的，一路上，一树一树的杏花粉白粉白的，杏花开处蜜蜂嗡嗡纷飞，早上还下霜的天气，这会儿又开始热乎乎的了。柳树已经由鹅黄变为浅绿了，白杨树上挂着一条条毛毛虫一样的花穗，茄茄的叶芽绿油油的，泛着春的生机。

到了山上，我妈才想起来没有带铁锨，只得用手给坟上培土，并且在坟顶放了几张纸钱。寒食烧纸，除了和以往一样给老家亲带各种吃食之外，还要给老家亲捏猪头，但是上坟烧纸用的猪头不点红绿颜料。以前家家户户都是自己捏，捏法也比较简单，现在馍店里可以直接买到现成的。

下山回来，一路碰见很多熟人，不过都是我妈和我大姑的熟人，我不怎么认识。村里住的人少，逢年过节回来敬奉老家亲和看望老人的人就多了，村里能够热闹那么片刻。许久不见的人们偶尔相见分外热情，瞬间就能回到从前的那股热乎劲，天上地下家长里短说个不停。

从外面回来的人很多都没有停留的地方，家里的窑洞大多已经破败不堪，所以人们都是匆匆回来匆匆离去。家在大姑这一代人的记忆里还是具体而又生动的，而到了我们这些人的记忆里多少有些模糊，到了小妞少楠他们这一辈，家乡就如同清晨烟囱的炊烟，完完全全消散在故乡湛蓝的天空了。

回到村队部，碥畔上已经坐着四五个人在拉话，大婶子正在摊黄煎，没一会儿拿出来几个让大家尝尝好不好吃。不管大婶子的黄煎怎么样，她的热情就让人非吃不行。老家人在寒食这一天会摊黄煎吃，这是习俗，黄煎是用大米或者黄米泡上压成面，发成糊状，在专用的黄煎鏊上摊成饼状，再对折成月牙形，看着焦黄诱人，吃起来酥软香甜。

到了下午光是犯瞌睡，想着做点什么，准备带小妞去刨点黄蒿芽吃，人说："三月茵陈四月蒿，五月砍来当柴烧。"我们说的黄蒿芽就是茵陈。大婶没在家，找不到她家的小镢头，只得提了她家的筐子，带着小妞去捡柴火，总之我是想找个事做。记得小时候可喜欢提着筐子捡柴火了，那也是很多年前的事了。

今天一天感觉没干个什么，时间就过去了。晚上了，卫大叔又来，还没有进门就问今天又去哪里转了。这几天每天出去拍了照片，到了晚上，就会给他们在电脑上看，叔们都知道我在拍照片找素材写东西，他们也很乐意把知道的分享给我，也很喜欢看我拍的村里的照片和写的东西，每天晚上我们的分享都成为习惯了，不过今天晚上要让大叔失望了。

2020.4.4

今天清明，回家烧纸的人更多了，一早路上车子不断，山上炮声也不断。

吃过饭（子推馍，老家清明必备的吃食）给三叔打电话，准备让他带我上祭风雨圪垯。电话没打通，便想着一个人去村里转转。前天爬到龙王庙圪垯，看见几间漂亮的院子，想去拍拍照片。走到大门口碰见二叔，他说带我去寨子沟看寨子，但是得等一会儿，因为井队的人要来测量，他要去雷鼓神爷圪垯帮忙指一下地界，我便和他一道上雷鼓神爷圪垯转。

井队的车子从新庄沟上包嘴子开到井场，然后我们下车，步行爬上岭后山，一直走到黑圪垯（即雷鼓神爷圪垯）山底下。远远望见黑圪垯，已经不像过去那样黑压压一片，山上的树木被砍得剩不多了，子洲那边退耕还林的效果没有子长这边好。山头上仍然有熟地耕种的地方，便都是属于子洲地界的。远望红瓦红墙的庙宇还在，只是没有了小时候的神秘感。

在黑圪垯的右下方，远远看见半崖上有个村子，一排破旧的窑洞。村子对面低一点的山上也有庙宇，二叔说那里是强家洼，我小时候常常听见这个名字，却总是想不来它到底在哪里，从山的走势看，应该是往峁底沟里后面去的，也是一个建在山上的村庄。

测量队看完了地界，我们便下山了，蒲公英金黄色的花儿、沙瓜瓜浅紫色仙女裙袂一样的花儿和随处可见的紫花地丁在褐色的山上向人们宣告着陕北春的序曲。

从雷鼓神爷圪垯下来以后，二叔又骑摩托车载着我去凤凰山看寨子。

从凤凰山下来天已经完全黑了，匆匆忙忙又是一天，此刻窑里又是人声鼎沸，热闹非凡。


### 2020.4.5


定好了今天上祭风雨圪垯，昨天跑得太多，今天实在太累，尤其腿疼得厉害，但是和三叔说好了，我只好硬着头皮去了。

顺着村里人指的路，和小妞两个一路披荆斩棘，从后脑

苏家河的河

畔山上往上爬，三叔从前脑畔上去，在上面等着我们。不知道是我没有找对路还是怎么回事，刚开始还杏树梨树，一树一树鲜花灿烂，因为在阳峁上，这里梨花已经开放，还碰见金黄的油菜花，蝴蝶纷飞，惹得小妞左顾右盼。没过一会儿，路上尽是半人高的黄蒿和酸枣圪针。很多地方小妞根本上不去，我只好一会儿推一会儿拉，好在路虽难，但小妞不打退堂鼓。才开始上山我就开始后悔带她来，到了后面更是后悔到家了。

天气热极了，又在阳洼上，很快小妞就热得鼻尖冒汗了。我乖哄着让她把外面一层衣服脱了绑在腰间，她问我这样像什么，我说像个拦羊的。她就让我也把自己弄成个拦羊的，我只得也把我的冲锋衣脱下来绑腰间。小妞又问拦羊的没有羊拦什么，我说我拦着你，你是我的羊。说完我都知道她要说什么了，果然她马上说我也拦着你，你也是我的羊。一路上，小妞一直在说着绕口令："我是你的羊，你是我的羊。我拦着你，你拦着我。"

走完了长满黄蒿圪针的梯田条，远远看见了祭风雨圪堆，我们的挑战才刚刚开始。这些地方山太高了，退耕还林以后已经完全不种庄稼了。山山峁峁都是洋槐树和荒草不说，山峁上有很多盗墓者留下的盗洞，新新旧旧，有些地方新旧叠加，甚至累累白骨被抛弃在外，让人看了很不忍心，同时这样的境况让我也担心小妞的安全。好在远远看见三叔从另一座峁上上来了，我们很快就会在山顶会合，让我稍有些安心。

三叔还没有上来时，我在山顶已经发现了祭风雨的地方。山顶有那么一块平坦的地方，画了一个很大的圆，圆中央有烧过的香灰和一些其他痕迹，圆外靠着前沟里的地方有还没有烧完的香，我知道这里就是二月二上山打野火、祭风雨的地方了，我已经到了山的最高处。

从这里可以看见新庄村和雷鼓神爷圪垯，而且距离不远。

人人都说山和山都差不多，其实不然，所以我还是想走一走。那一个个熟悉的名字就代表着一个个不同的灵魂，站在每一座山上，我能感觉到它们气质的不同。

站在祭风雨圪垯上，苏家河的整个地貌可以看得一清二楚，过去人们给我讲的一些关于苏家河的地貌特征，也在我脑海里形成了一张网络，渐渐清晰明白起来了。包括这几天我自己走过的地方，一一在眼前铺展开来，祭风雨圪垯、凤凰山、吴家沟、官到山、龙王庙圪垯……这些山沟峁梁才在我心里鲜活了。

我来祭风雨圪垯还有一个原因，听说当年苏总兵的兄弟在这里给他修了拴马桩，还立了碑，据大爷和卫大叔回忆，他们小时还见过。拴马桩是刻成人形的长条石，而那块碑不太大，当年就在祭风雨圪垯的畔上立着。虽然我知道那些东西早已经没有了踪影，但是我就是想去看看那个地方。

站在春风呼啸的山顶，才幼儿园水平的小妞突然诗兴大发，不知怎么地想起来春风吹，然后又开始朝我背古诗："《咏鹅》李白……《夜宿山寺》李白……《回乡偶书》李白……《咏柳》李白……"刚开始我顾着拍照没有注意，拍着听着突然觉得哪里不对。等明白过来，她已经背过好几首了，作者统统记成了李白。想想李白真是伟大，他已经完完全全融进小妞的诗情里了。

匆匆忙忙看了一圈，因为带着小妞，我想早点下去。两个人便从另一座峁上下去，来时的路太不好走了。

刚开始，这个峁子如三叔所说还好走，走着走着就不是那么一回事了。坡开始变得越来越陡，小妞在我后面走着，没一会儿她刹不住脚步直接跑开了，然后差点撞倒我。安全起见，我只好拽着她的手，这时只听见小妞说："这个路老是扶着我走路。"我没有听懂也没有理她，只是感觉到小妞老是拽着我往前冲。又听见她说："这个路太坏了，老是扶着我往前跑。你的路比我的路好！我不想跑，它让我跑。"我才明白，原来坡太陡了，小妞不由自主地往下跑，她却理解为路扶着她跑。就这样，小妞一直怪罪着这条不听话的路，我只得一直紧紧拽着她，生怕把她摔了，因为两边都是高崖。

走了一会儿，出现了一段土坡，两边是矮土墙，中间是个小巷道，简直和滑滑梯一模一样。这自然逃不过小妞的眼睛，她马上叫道："滑滑梯，我要坐滑滑梯！"我们两个便蹲下往下滑，谁知道毕竟是土，没有那么顺滑，我们只好坐下，我一边推她一边拽着她。有一段路窄，小妞滑过去了我却卡住了。好不容易挤过去了，没走几步一个大土洼，很陡，根本不敢站起来走。我于是心一横："咱们两个再坐滑滑梯吧！"我拽着她的衣服，我们两个就在那个土洼上遛马马下来。真的是只见黄尘不见人，两个人弄成个土蛋蛋踉踉跄跄地下来，里里外外的衣服全部是土。最主要的是，我们两个都没有换洗的衣服。

好不容易下山了，过河时，小妞的一只脚丫子又踩河里了，最后满满地提了一鞋子泥浆回来了，今天这一天才真是摸爬滚打。

苏家河的河

2020.4.6

走了很多院落，拍了很多照片，每一张都不是我想要的。之所以发出来，是想着也许会有无法回家看看的人想要留个纪念。曾经热热闹闹的村庄荒落到让人心疼，下沟里我熟悉的地方只住了两家三个人，大爷是其中一个。我也不明白自己想要坚守和留住什么，这一切都留给时间作答吧。

后硷畔上的霞霞家也是我们常常去的地方，她家的大门非常气派，木制的门槛很高，我们得很小心才能不被绊倒。

她家的炕也和我们的不一样，炕头连接锅台的地方垒了一堵四五十厘米高的小墙，大概是防止小孩子跌进锅里吧。他们的炕壁上有一个只容一人进出的小口，里面又别有洞天，挂上墙围子，洞口被完好地遮起来，外人根本看不出这窑里还套着一个小窑。

当然了，在后硷畔上四季最热闹的地方必定是三叔家的院子了。这里是每年正月里闹秧歌、唱道情的地方，平时也是村里人的聚集中心。三叔是很多人的三叔，年龄大，脾气好，我们都爱和他玩。

从三叔家院子过去就是五老姑家的旧院，这里曾经是下庄里的打麦场。夏天，在月光下的麦秸垛里，我给小伙伴们讲过好多好多的故事，如今那些故事和故乡的炊烟一道散在不知道什么地方了。

彩红家硷畔上，拴牲口的石桩子还在，院里依旧是静悄悄的，没有人影，记得以前她家硷畔上有一棵花椒树（我们叫调和）。花椒树在我们这里比较稀有，每次我都要围着看一圈，却未有看见花椒的记忆。

挨着彩红家上去是村里曾经的小卖部，小卖部的主人也是村小学的老师，很凶。记得他们家装货物的浅绿色柜子，柜门上镶着玻璃，里面有小孩子们馋得不行的小零食。好像有一次我和阿梅去了他家，正好他们大儿子第一次带了女朋友回来，开柜子找吃的。那时候很小，觉得一个新来的人有这样的"特权",很让人羡慕,也很惊讶。现在回头想,也许只有这样的新人才有"特权"吧。

出了小卖部,爬上一道长坡就到旧学校了,我在这里读了学前班。不记得学习有多苦,只记得很多好玩的事。如今学校里空荡荡的,校门摇摇欲坠,围墙坍塌了,墙根的铁钟也不见踪影,石磨、石床和各种石片散落一地,荒草已冒出新绿的脑袋,一树杏花,满地落英,好似替我们守着无法回来的童年。站在学校碥畔上,一直可以望到沟底,春风拂面,远处似有歌声飘来,恍惚间,坡上尘土飞扬,几个孩童一溜烟跑下长坡不见了踪迹,一如我们的童年。

学校坡底的院子里住着苏耀廷大爷,他是这下沟里的两户居民之一。大爷正拿着小镢头修补他的碥畔圪崂崂,院里院外整洁干净,不像是一个八十多岁老人的住所。大爷摸着他的白胡子招呼我坐下和他聊天,不知不觉间,时间像白胡子间的风一样,让岁月变得沉重,也稀释了那些过往的苦难。知命而乐,这是受苦人的本色。

从大爷家下来是阿梅家,这是我经常来的地方。她家碥畔豁子上有一株一人多高的枸杞树,枝干粗壮,果实熟了后,满枝丫都是红艳艳的,这也是不多见的。阿梅和我形影不离,她家只要做好吃的,肯定有我一份。她家有一条木制的似榻又似床的坐具,记得那时她爸生病,整个人瘦得不成样子了,佝偻着在上面歇息,那时大概是夏天吧。后来大叔还是没能熬过病痛，早早丢下婶子和阿梅走了，当时我们都小，不知道她是怎么熬过那些艰难时光的。她初中毕业就辍学了，这在当时是很正常的，而我一直在外上学。那时条件不是很好，联系也不方便。后来我毕业了，就听说阿梅嫁人了，嫁得很远，见不上面，也没有联系。再后来，我自己的生活过得一塌糊涂，我们好像消失在彼此的世界了。最终我们是怎么联系上的，我忘记了。不过一见面，便是那份永远无法割断的情和那熟悉的亲切，如今我们再也不会丢了彼此了吧。

从阿梅家过去是两个三奶奶的家。三奶奶家硷畔上的椿树原来是两棵，现在剩一棵了。有一次，我在两棵椿树间转圈玩，被人推了一把，摔下硷畔。那硷畔有一脑畔高，下面都是圪针林，我就掉进了圪针林里，那时顶多四五岁吧。二姑跑下来抱起我，心疼得不得了，我浑身都扎着圪针刺，疼痛难忍，当时好像只有哭才能缓解疼痛。长大后的这么多年里，我还常常梦见自己掉进圪针林，浑身是刺，一直要疼到哭醒，即便醒来，还是感觉身上到处火烧火燎地刺痛。

再往过走就到我家院子了，原来我妈栽了满院的各种果树，有老果、小果、梨树、玉皇树和梅杏树，现在就剩了这一棵杏树。此时正是开花时节，一树繁花，蝶飞蜂舞。坐在石碾子上歇一歇，阳光真好，可惜三孔窑洞都是大门紧锁。趴在窗户上瞅瞅自己小时住的窑洞，墙上的挂镜已被灰尘遮住了明亮，刷了青漆的立柜还在原地。在柜子跟前我和表妹圆圆拍过一张合影，圆圆小时有流泪的毛病，眼泪刚擦了，照片没来得及拍，又流出来了，现在照片上还能看见她两眼泪汪汪地笑着。这个院子我的记忆并不多，幼时我与曾祖母在底下院子住得多，八岁以后就举家离开了。

从我家沿着庙崖下去，就到新庄沟河了，河水依旧潺潺，河中间的水井不见了，出现一个小跌哨，水挺深，水草翠绿，一派春意。

2020.4.7

春雨来了，这时的春风才显出几分寒意，村庄有了一种雾蒙蒙的新意。

在外婆家吃饭，外婆给做了浑酒调凉菜，热了子推馍。浑酒是自家酿的，凉菜是经典的拌三丝，都是小时候的味道。

吃过饭，我要回村队部忙任务，小妞又要跟着去。下雨了，外婆家没有多余的雨具，小妞戴个塑料袋，穿件大人的皮衣服就跑出来了。这个小孩能处，她从不抱怨环境，总是开开心心的。一路上她又是问东问西，好像打开了十万个为什么的大门。

路过跌哨泊，几只觅食的巧巧在水边叫声清越。小妞的兴奋开关一下子打开了，一个没拦住，差点跑到跌哨里去。路边的树上落一只啵啵嘤，听说它的名字是根据它的叫声给起的名字。它的学名是戴胜，大概是因为它有漂亮的头冠。

远远望着对面路上草色已浓，几头黄牛和一个牧牛人缓缓归来，荒凉寂静的村庄一下子有了灵魂。

走到一个院里，发现一孔窑洞的天眼是个小燕子形状，觉得很稀奇，一般的天眼要不是五角形，要不是"卍"花，要不就是福禄寿，这样活泼可爱的天眼我还是没有见过的。正想拍摄这个小燕子形状的天眼，没想到天眼里飞出一只真的燕子，可惜我没有来得及按下快门。燕子都回来了，真是到春天了呀。

到了村队部底下，二叔和三叔又在帮功昌大叔捣鼓他那老掉牙的铡草机，别以为他们是三兄弟，其实他们只是都姓苏。他们也是这几天跟着我满山二洼跑的几个家人，谁让我也姓苏呢。

卫大叔家院子里，大婶子种了西瓜、小瓜，又种了很多菜蔬。大婶子再三对我说，等能吃了回来吃，如果我回来了他们不在家，就自己去摘。我知道大叔大婶是准备要出门的，他们的儿孙都在延安，回老家只是小住，可是他们还是把院子种得满满的。大婶子说他们吃不上，种上总有人可以吃。受苦人对土地的执着，像我这样四体不勤、五谷不分的人怎么能理解呢。

我是完全被大婶子的朴实感动了，晚上大婶子想要我在她家吃饭，又怕我嫌弃，她一直说她做的饭不好吃。我都不敢说我吃过了，又吃了大婶子满满的一碗手擀面，她还一直念叨我肯定没饱。回家了，感觉自己欠了好多这样的情。

　　不知什么时候，也不知是谁给我送了一些黄煎、几个子推馍，还有一些青绿色的鸡蛋。回家买了些吃食，这些天，吃的东西非但没有变少，反而越多了。我也是东家一顿饭，西家一碗粥，都快不开火了。打问了半天，乌鸡蛋是四奶奶送的，四爷和四奶奶在家养牛种地，还喂养一些黑得发亮的乌鸡，下的蛋却是青绿色的，还怪好看。知道我回来了，他们想叫我吃饭，但和大婶子一样担心饭不好，就送几个鸡蛋给我。这些可爱的人啊，他们觉得我在城里长大，就失了吃苦人的本分了，他们的爱让我受宠若惊又哭笑不得啊。

　　春耕时间到了，保卫大叔在地里撒肥，春雨滋润过的土壤新鲜又有朝气。大叔踩着酥软软的泥土一边劳动，一边大声和谁聊天，年龄并不大的大叔已经有些耳背了。

　　村队部院子里，两个二爷并排坐门口抬杠呢。老弟兄俩谁也不让谁，看见我，让我评理。我还是拿起相机给他拍照吧，评理我不擅长，也不敢啊。

　　到了晚上，又是热热闹闹的一窑人。窑里烟雾缭绕，他们说的都是农事，我只有听的份，听着也不错。聊天到1点多了，他们还不尽兴，他们的热情让这个窑提前过上了夏天。

回来十来天了，明天我打算回城里去了。今天晚上还得收拾一下，吃的东西还有很多，我都留给他们了，即便这样仍是满载而归。

2024.3.21

再翻看这些日记时，我明白都是当时记下来的流水账，可能没有什么文学价值，可我还是想把他们保留下来，放进《苏家河的河》里面。就在我离开老家没有多久，大婶子就因突发疾病永远离开了。大婶子走了，留下卫大叔孤零零一个人，他也没有再去延安，选择留在老家，守着他们曾经的家。不知道他们院子里的西瓜、小瓜熟了没，我没能再回去，也没敢问。接着大爷过世了，两个二爷也相继走了，我给他们拍的照片都还在，照片里他们的笑脸依旧红润。那些离开的人替我们永远守着苏家河，我大概只是想用文字留住他们。